OLHAR DE FRENTE

TÂNIA ALEXANDRE MARTINELLI

ilustrações de SERGIO RICCIUTO

© EDITORA DO BRASIL S.A, 2018
TODOS OS DIREITOS RESERVADOS
Texto © TÂNIA ALEXANDRE MARTINELLI
Ilustrações © SERGIO RICCIUTO

Direção-geral: VICENTE TORTAMANO AVANSO

Direção editorial: FELIPE RAMOS POLETTI
Supervisão editorial: GILSANDRO VIEIRA SALES
Edição: PAULO FUZINELLI
Assistência editorial: ALINE SÁ MARTINS
Coordenação de arte: CIDA ALVES
Produção de arte: OBÁ EDITORIAL
 Design gráfico: CAROL OHASHI
Editoração eletrônica: GABRIELA CESAR E MARISA CORAZZA
Supervisão de revisão: DORA HELENA FERES
Revisão: MARIA ALICE GONÇALVES E RICARDO LIBERAL

Dados Internacionais de Catalogação na Publicação (CIP)
(Câmara Brasileira do Livro, SP, Brasil)

Martinelli, Tânia Alexandre
   Olhar de frente / Tânia Alexandre Martinelli ; ilustrações
de Sergio Ricciuto. -- São Paulo : Editora do Brasil, 2018. --
(Toda prosa) Bibliografia.

   ISBN 978-85-10-06775-1

1. Deficiência visual 2. Deficientes visuais - Literatura
infantojuvenil 3. Literatura infantojuvenil I. Ricciuto, Sergio. II.
Título. III. Série.

18-14487   CDD-028.5

Índice para catálogo sistemático:
1. Literatura infantojuvenil 028.5
2. Literatura juvenil   028.5

1ª edição / 7ª impressão, 2024
Impresso na A.R. Fernandez

Avenida das Nações Unidas, 12901
Torre Oeste, 20º andar
São Paulo, SP – CEP: 04578-910
Fone: + 55 11 3226-0211
www.editoradobrasil.com.br

A ISABEL SANT'ANNA OLIVEIRA,
DA CONFRARIA DAS LETRAS EM
BRAILLE DE PORTO ALEGRE;

A DEISE CARLI, TÂNIA IOVINO, LAURA
ANDRADE, FERNANDA NASCIMENTO
PARRA E MARIA INEZ LASPERG,
DO CENTRO DE PREVENÇÃO À
CEGUEIRA DE AMERICANA;

A DAIANA ROCHA PESSOA,
EDUCADORA DE JOVENS E ADULTOS.

SUMÁRIO

A CASA DA INFÂNCIA **7**

PERÍODO DA MANHÃ **11**

PONTO DE ÔNIBUS **19**

A POESIA **27**

INSTITUTO LOUIS BRAILLE **32**

NOVO POEMA **38**

SUAVE AROMA **44**

IMPRESSÕES **53**

ESTAÇÃO **59**

BALADA DO TERCEIRÃO **64**

NA HORA H **71**

O MISANTROPO **76**

NA PRAÇA **83**

O PERSONAGEM **87**

FINAL DA TARDE **91**

BETO AMA VALQUÍRIA **96**

A GRADE DO PORTÃO **98**

O POETA **101**

MELANCOLIA **105**

APÓS AS AULAS **109**

O PACTO **116**

AMOR **121**

CARTAS **127**

O MUNDO TEM MUITAS CORES. O CÉU, POR EXEMPLO, ELE PODE SER AZUL-CLARO, COM POUCAS NUVENS, MAS TAMBÉM PODE SER BRANCO E CINZA. AMARELO, LARANJA E

A CASA DA INFÂNCIA

O mundo tem muitas cores.

O céu, por exemplo. Ele pode ser azul-claro, com poucas nuvens, mas também pode ser branco e cinza. Amarelo, laranja e vermelho ao entardecer; azul-marinho na chegada da noite. Ainda é possível encontrar outras nuances, basta prestar atenção. Há cores em tudo. E Vladmir sempre gostava de lembrar.

Quando era criança, brincava na rua até tarde, sem muitas regras e horários. E, tão logo ficava noite, procurava a primeira estrela que surgia. Não só ele, como todos os seus amigos: "Primeira estrela que vejo, realize o meu desejo!", diziam. E a sorte estava lançada.

Aprendeu na escola que essa estrela, na verdade, é um planeta: Vênus, também conhecido como Estrela-d'Alva.

Havia certa música de que seu pai gostava bastante e que falava justamente dessa estrela, de seu esplendor. Lembrava-se dele mexendo no botão do rádio sobre o móvel de madeira, na cozinha, entre a geladeira e o fogão, debaixo da janela. Todas as tardes, antes do jantar, ele puxava a cadeira trazendo-a para perto do móvel e ficava muito quieto, o ouvido colado no rádio, completamente entregue à melodia e à letra.

A cozinha era pequena, assim como os outros cômodos da casa. A mesa retangular acomodava seis cadeiras, e em cima dela havia sempre uma toalha de crochê com alguma peça enfeitando o centro. Na parede oposta ao móvel do rádio, uma cristaleira onde a mãe guardava travessas, pratos e copos. O banheiro ficava à direita do corredor, e à esquerda, o quarto onde Vladmir dormia com os irmãos. Seguindo três metros adiante, ficava a sala e o quarto do pai e da mãe, numa entrada ao lado do sofá pequeno. Era o bege que predominava nas paredes da casa.

Sua mãe cultivava flores no quintal, dálias amarelas, rosas cor-de-rosa, cravos e margaridas, além de uma horta com folhas de variados tons de verde. O colorido da casa permanecia intacto na sua memória.

– Estou ficando velho... – Vladmir murmurou.

– Por que o senhor acha isso?

O homem virou para o lado, surpreso com a pergunta:

– Por nada, Humberto. Não era para ninguém ter escutado, falava comigo mesmo.

– O senhor é a única pessoa que me chama de Humberto.

Vladmir só moveu a cabeça para a frente, alheio à informação. Estava sentado em uma poltrona numa espécie de sala de estar próxima à recepção. Havia duas portas em cada uma das paredes laterais e, ao fundo, ficava o refeitório.

– Minha mãe também, às vezes... – continuou o garoto, mantendo-se em pé, na frente de Vladmir. Estava só de passagem, nem teria parado se achasse que não era com ele. – Mas finjo não saber por quê.

– Finge?

– Que eu não sei que o assunto é sério. Ela deve achar que parece mais importante se falar Humberto em vez de Beto. Já chamaram o senhor de Vlad?

– Antigamente...

– Seu Vlad é estranho.

– Estranho, por quê?

Beto ergueu os ombros:

– Sei lá. Não combina, na minha opinião.

Vladmir não concordou nem discordou.

– Pra ser sincero, eu é que não combino com Humberto.

– Humberto é um nome bonito.

– É o nome do meu pai. Se um dia eu tiver um filho nunca vou ter essa ideia da minha mãe de colocar o mesmo nome.

Vladmir não deu sequência e a conversa morreu por aí. A sala tornou a ficar silenciosa e o pensamento das cores da infância ressurgiu. Tinha hora que achava bom lembrar-se delas com tamanha riqueza de detalhes, vozes chegavam a coçar o ouvido soprando-lhe diálogos antigos.

Mas isso não era bom o tempo inteiro. Às vezes, era exatamente o contrário.

PERÍODO DA MANHÃ

Sentado num dos degraus da arquibancada da escola, Beto escutava a gritaria dos amigos que jogavam na quadra. Não tinham muito tempo de intervalo entre as aulas, mas dava para transformar aquela pausa num momento de diversão. De vez em quando, e quando era possível, algum professor jogava junto, voltando para a sala mais suado que os alunos.

Subitamente o som de um apito, acompanhado de veemente protesto, chamou a atenção de quem assistia ao jogo ou simplesmente estava por ali batendo papo:

– Pode parar com isso! Não foi falta coisa nenhuma!

– Foi, sim! – Beto gritou sem pensar duas vezes, dando o seu veredicto de acordo com a penalidade do juiz. Não sabia quem marcava as faltas naquele dia, mas sabia muito bem quem era o reclamante: Samuca, seu amigo.

– Cala a boca, Beto! – a repreensão chegou praticamente no mesmo instante.

Como se adiantasse:

– Falta dele, juiz! Eu vi tudo!

– Beto, eu vou subir aí e te sentar a mão!

Beto gargalhou num balanço que levou seu corpo para a frente e para trás, vaivém típico de quem está "rachando de rir". Divertia-se ao provocá-lo.

Por fim, a discussão não foi levada adiante, pois logo ouviram o sinal para o retorno à classe. Fim de jogo sem nenhuma conclusão esclarecedora.

Samuca subiu a escadaria e deu um tapa no boné do amigo, que foi parar alguns degraus acima:

– Trouxa!

– Ei! – Beto falou passando a mão no topete desmanchado. – Pega lá, Samuca!

– Não devia! Pô, Beto, sou seu amigo ou não sou? – Samuca enxugou o suor da testa na manga da camiseta e foi buscar o acessório sob protesto. Ao voltar, enfiou o boné de qualquer jeito na cabeça do traidor. – Besta.

Já em sala de aula, Beto abriu o *notebook* e foi anotando as falas mais importantes do professor. Achou ótima a pergunta da Valquíria, ainda mais da Valquíria!, pois era praticamente o mesmo que ia perguntar minutos antes. Economizou discurso e tempo. Não só por isso.

Escreveu o que achou que tinha entendido e, depois, deixou-se ficar sem muita atenção ao que o professor dizia. Mãos e braços descansaram ao longo do corpo e a mente voou para lugares pouco definidos.

Beto tinha dezesseis anos e estudava no primeiro ano do Ensino Médio. Não era aluno exemplar, mas conseguia boas notas. Morava longe da escola com pai, mãe e irmão menor. Ia de ônibus todos os dias e três vezes por semana emendava o horário da manhã com o da tarde, chegando em casa só depois das seis. Uma rotina que não o desagradava, contudo, havia alguns anos que era assim.

Levou um cutucão no meio das costas e logo ouviu a pergunta do amigo, mais um ato de incômodo que de outra coisa:

– Parou de escrever por quê?

Beto virou o pescoço apenas o suficiente para se fazer entender:

– E você, resolveu virar aluno exemplar por quê?

Samuca deu uma risadinha, enquanto Beto endireitou o corpo para a frente.

– Anota, que é importante! – o dedo afundado nas costas outra vez.

– Não enche!

– Ah, enquanto era você que estava me enchendo lá na quadra, tudo bem!

– Vingança, então?

– Pois é.

– Vai lá me dedurar pro professor.

– E você acha que precisa? Ele sabe que você tá voando feito passarinho!

Tinha hora que Samuca era irritante. Infantil e irritante.

A revoada de pássaros era algo que Beto ouvia com prazer. Às vezes, da própria carteira, quando o silêncio da classe ajudava. Raro, mas acontecia. Normalmente, o som do bando que passava pela janela era encoberto pelas vozes dos colegas, palavras amontoadas, frases aleatórias recortadas de um quebra-cabeça. Se juntasse tudo, veria assuntos que, por falta de tempo, não foram destrinchados e concluídos, que ficaram jogados no ar aguardando o momento de serem apanhados de novo. Ou não. Simplesmente se dissolveriam ao longo das horas.

Por que pássaros gostavam tanto dali? Árvores! Na área descoberta do pátio, que não era tão pequena e se parecia com um grande quintal, havia ipês, chuvas-de-ouro, resedás. Na época da florada, tudo se tornava mais bonito e, mesmo quando não, a sombra das copas servia de abrigo e refúgio. A calmaria do lugar intensificava o som dos pássaros, do vento e das folhas. Beto já estivera ali inúmeras vezes com sua turma de amigos ou então sozinho.

Foi numa dessas manhãs solitárias que conheceu Valquíria, quinze anos, pele morena, cabelos pretos e cacheados, que havia se mudado de escola naquele mesmo ano, de cidade inclusive, por causa do emprego do pai. Beto não sabia onde ela morava, mas sabia que vinha à escola a pé. Coincidentemente, seus melhores amigos também viviam nas redondezas; de vez em quando, Beto ia até a casa deles depois das aulas para fazer algum trabalho ou estudar e acabava almoçando por lá. Mais na casa de Samuca que na dos outros.

Num ponto, julgava melhor estudar perto de casa como eles, mas, por outro lado, isso lhe daria tremenda mão de obra para cumprir com os compromissos da tarde. Na verdade, a escolha desses compromissos não fora sua, e sim de sua mãe, que na época o convencera de que era a melhor opção. Eram outros tempos, quando ela decidia muitas coisas por ele.

Manhã monótona, feita de silêncios. Não por fora, cujo agito de sempre enredava o dia; mas por dentro, no peito, que parecia transformado numa consistente massa silenciosa. Massa que ganhava espaço na coluna e esparramava-se pelo estômago, fluindo como galhos para os braços e a ponta dos dedos. O corpo era tomado por uma paralisia que nem mesmo Samuca tinha conseguido eletrificar com suas piadas, e foi somente depois de o amigo ter ouvido uma dezena de vezes "Me deixa quieto aqui" que ele finalmente resolveu entender.

Suas costas apoiavam-se relaxadamente no tronco, as pernas esticadas num pedaço de terra, olhos fechados e perdidos. Acomodava-se à arvore num molde perfeito entre planta e gente, coluna e caule, pernas e chão. Estava envolvido num devaneio que mais tinha a ver com sentimentos e sensações, coisa dele, coisa pela qual todo mundo passa um dia e de que, num certo momento, resolve tomar distância só para tentar se entender.

Durante um vaivém de mãos arrastando folhas e pó, Beto sentiu um toque no braço, que o assustou. Trêmulo, desencostou-se da árvore, virando-se no exato instante.

– Desculpa! Não quis te assustar! Falei um oi baixinho, acho que não ouviu. Também, eu não tinha nada que ir botando a mão!

– Não tem problema – Beto respondeu logo, antes que ela ficasse dando mais justificativas. Aquilo o estava deixando desconcertado. – A culpa não foi sua, eu estava distraído.

– Dormindo?

– No intervalo? Só se eu fosse mágico!

A brincadeira serviu para abrandar o desconforto e deu brecha para a menina continuar:

– Tem gente que dorme até no dentista!

– Ah, eu não! – A essa altura, Beto também já ria. Imaginou a cena inusitada, meio ridícula. – Eu, hein!

– Mas aqui não tem muito barulho... Até daria se quisesse.

– Por isso mesmo vim pra cá. Um pouco de sossego é bom.

Ela entendeu diferente:

– Ah... Desculpa de novo! Achei que tivesse se sentindo sozinho e... Bom, sou meio intrometida às vezes.

– Nada a ver! – Beto desfez o mal-entendido. – É que eu não estava muito a fim de ir pra quadra com meus amigos, faço isso todos os dias e então...

– Nossa! Nem me apresentei: sou a Val. Valquíria, mas todo mundo me chama de Val.

– Eu sei.

– Ah... É que eu entrei nesta escola faz pouco tempo...

– Minha classe praticamente não mudou desde que vim pra cá. Acha que eu não conheceria um aluno novo?

– Tem razão. Meio óbvio, né? Bom, agora vou te deixar sossegado de verdade! Até daqui a pouco!

Beto se despediu. Nem lembrou de falar seu nome, de se apresentar. Na certa, ela já o teria ouvido na classe em algum momento.

No final das contas, achou o intervalo muito mais agradável do que imaginou que seria.

PONTO DE ÔNIBUS

– Seu Vladmir! Que bom ver o senhor! É o Sebastião.

– Eu sei que é você, Sebastião.

– Faz uns dias que a gente não se encontra... Me diz aí como é que vão as coisas.

– Vão indo.

– Puxa, eu tô cansado... Também, esse carrinho aqui pesa um bocado, sabia? Quer dizer, pesa porque tem um monte de coisas dentro. E se tem é porque o dia foi bom. Não posso reclamar. Mas, seu Vladmir! Que cara é essa? O ônibus não passou? Tá atrasado?

– E quem disse que estou esperando o ônibus?

– Ah, não? Tá só descansando, é?

– Não.

– Não o quê?

– Você engoliu um disco, Sebastião? Não para de falar, meu Deus do céu!

Sebastião deixou o carrinho encostado na guia da calçada, bateu uma palma da mão na outra livrando-se da sujeira e foi sentar-se ao lado dele, no banco do ponto de ônibus. O homem nem se mexeu, continuou sério, olhando para a frente.

Sebastião tocou-lhe o braço:

– O senhor tá arretado hoje, hein?

– Ora, não me amole, Sebastião!

– Oxi!

Sebastião era catador de material reciclável já fazia algum tempo, mais precisamente desde que perdera seu último emprego, Ana Rosa ainda estava grávida do filho mais velho, André. Graças a um vizinho que trabalhava no ramo, conheceu uma cooperativa de materiais recicláveis e foi a partir daí que todas as manhãs passou a sair de casa com seu carrinho, confiante de que teria sorte, que o dia seria bom. No meio da tarde, Sebastião já estava com as pernas e os braços pesados, por isso não via a hora de chegar à cooperativa e despejar tudo o que conseguira recolher.

Nesse dia, ao chegar em casa, a primeira coisa que Sebastião fez foi atirar-se no sofá. Só deu tempo de arrancar o tênis e as meias e jogá-los no canto do tapete.

Ana Rosa apareceu na sala segurando copo e guardanapo, achou estranho ele não ter ido lhe dizer um alô.

– E aí, Tião? Como é que foi hoje?

Sebastião virou a mão de um lado para o outro:

– Assim, assim...

Após uma breve pausa, ele completou:

– Se quer mesmo saber, tô me sentindo acabado.

– Muito cansado?

– Não é isso.

– Então, o quê?

Ana Rosa aguardou pela resposta, mas só o que ouviu foi um suspiro de lamento. Voltou à cozinha para terminar o serviço, questionou mais alguma coisa de lá, no entanto o marido não lhe respondeu.

Enxugou louças, arrumou talheres na gaveta, deixou o guardanapo em cima da pia e, quando ficou tudo em ordem, voltou para a sala.

– Se não é cansaço e o dia nem foi ruim, então eu já sei.

Sebastião tirou os olhos do teto e a encarou:

– Sabe o quê?

– Hoje é um dia daqueles!

– Que dia, Ana Rosa? Não sei do que tá falando.

– Claro que sabe! E eu não te conheço, Tião? Vai dizer que tá tudo errado nesse mundo, que nada tem conserto e mais uma porção de coisas do tipo. Vai ficar bravo, resmungar com azedume, discursar que nem político. Mas daí a meia hora já passou tudo.

— Então é isso que você acha? Eu não sou ninguém, Ana Rosa.

— Mas eu não disse?!

A história era antiga, tanto quanto o tempo que viviam juntos. Às vezes, Sebastião chegava da rua deprimido, amuado feito criança doente, mas depois tudo passava, da mesma forma como tinha vindo: nem sombra de tristeza ou desânimo. Se alguma vez na vida Ana Rosa conheceu um homem animado, esse homem era o Sebastião.

— Sou menor que uma formiga... — continuou a lamúria.

Josué e Davi, seus filhos de oito e dez anos que brincavam ali perto, deixaram a diversão de lado e pularam com gosto na barriga dele:

— Para com isso, pai! Seu bobo! Olha a formiga aqui!

— Ai, ai, ai! Parem já com isso! Aguento tudo, menos cócegas.

Ana Rosa balançou a cabeça, meio rindo, meio sabendo que aquilo terminaria assim.

— Levanta daí, Tião. Anda tomar um banho que logo a gente vai jantar. Vou chamar o André lá na casa do

Fabrício. Se a gente não chama, ele não vem! Esse menino esquece da vida com uma facilidade que eu nunca vi!

– Fabrício... É um nome bonito, não acha? Mas é difícil pra falar. Fa-brí-cio...

– Não enrola, Tião! E deixa cair bastante água gelada nessa sua cabeça de vento.

Sebastião cessou os devaneios e foi empurrando os meninos de lado, pedindo que saíssem. Sentou-se no sofá, o olhar grave:

– De vento? Você não me leva mesmo a sério, né? Não vê a televisão? Eles não vivem dizendo que a coisa tá feia? Que se continuar assim, a gente não vai nem respirar mais? Daqui a pouco, acabou tudo, adeus.

– Deixa de ser dramático!

– Dramático? Me deixa quieto aqui, Ana Rosa. Você não me entende.

A mulher franziu as sobrancelhas, mirando-o bem. Tentou descobrir o que estaria por trás de tanta sisudez.

– Tião, fala a verdade. Que bicho te mordeu?

– Ninguém mordeu, Ana Rosa. Só que ninguém tá nem aí com este planeta. Tem gente que se incomoda com o nosso trabalho, olha desconfiada, parece até que atrapalhamos o comércio, a rotina, a vida de todo mundo! Meu amigo foi assassinado no mês passado e tudo por quê? Gente que só enxerga o próprio umbigo!

– Coitado do Mineiro... Morreu trabalhando, foi triste. Filhos pequenos ainda. Mas você não acha que ele pode ter sido confundido com um...

– Ladrão? Rá! Isso é o que eles querem que todo mundo pense! Maldade, Ana Rosa. Pura maldade. Isso me dá uma revolta!

– Que dá, dá.

– Vejo tanta gente na rua, gente importante, inteligente... Fico olhando os carros passando, os ônibus, as placas de trânsito, os letreiros do comércio... tem propaganda por todo canto. Escuto a redação dos meninos, o futebol no rádio, o repórter da televisão contando as notícias, falando se vai chover ou fazer sol... – Sebastião mirou fundo a mulher. – Isso é muito pouco, Ana Rosa.

– Tião...

Davi e Josué, ajoelhados no tapete, tentavam alcançar as filosofias do pai. Os olhos pequenos e espertos denotavam total incompreensão, aquelas frases lhes soavam todas desconexas.

Não tiveram tempo, todavia, de perguntar o que tinha a ver a lição da escola com o Mineiro, o amigo do pai que só conheciam de nome e que agora estava morto.

Resignado, Sebastião levantou-se, guardando os pensamentos no fundo da gaveta:

– Deixa pra lá, vou tomar banho.

A POESIA

– Tudo errado.

– Jura?

– Vem cá. Desde quando se interessa em escrever essas coisas? Melhor, pra quem você escreveu?

– Pra ninguém.

– Conta outra.

Beto fechou o computador e mandou Samuca ficar longe, dando-lhe um empurrão: "Sai pra lá!".

Mas Samuca não saiu. Continuou ao lado atazanando a vida de Beto por mais algum tempo. Quando se cansou, disse:

– Tá bom. Fala o que é para eu fazer.

Beto desfez a cara zangada, aliás, já a tinha desfeito desde que Samuca o fizera rir com suas piadas, todas sem graça, mas que na voz dele não ficavam.

– Quero que você corrija, já disse. O que tá errado?

Samuca pegou o *notebook* do colo do amigo e o levou até o seu. Beto fora almoçar na casa dele, nesse dia estava livre de compromissos à tarde, e agora conversavam e ouviam música no quarto.

– Bom, eu não sou professor de Português – falou Samuca –, mas tem palavra aí que eu sei que tá errada.

– Para de lenga-lenga! Só me avisa qual pra eu poder consertar, entendeu?

– Aglomeração tá com dois "esses", sinto com "cê", existe com "zê"... Hum... Acho que é só...

– Tem certeza?

– Certeza eu não tenho, Beto. Já te falei que não sou professor de Português.

Beto deu um suspiro, meditativo.

– Vai mostrar isso pra alguém?

– Não. Só pra você.

Samuca grudou os olhos na tela outra vez, mais minucioso que antes. Porém não foi para falar de outro possível erro de ortografia.

– Cara, quanta sensibilidade.

– Ah! – desdenhou do elogio.

– Sério! Não tô zoando, não.

Beto manteve a postura incrédula de antes, de quem não sabe se deve acreditar ou não.

– Gostei, cara! Lembra quando a gente estava conversando outro dia? Quer dizer, eu é que conversava, você não dava a mínima.

– Não.

– Sabia que não.

– Que tem a ver, Samuca?

– Eu falei que você ia acabar encontrando alguma coisa legal que te animasse, tipo um talento.

– Que besteira! Não encontrei nada. E se não me falha a memória era você quem tagarelava sem parar sobre futebol, eu apenas disse que não gostava tanto. Simples, mas você tinha que mudar o tom da conversa, cismou que eu devia encontrar uma coisa que me deixasse feliz vinte e quatro horas por dia, como se fosse possível alguém ser feliz vinte e quatro horas por dia!

– Ah, não foi nada disso, meu!

– Claro que foi!

– Tá legal. Esquece. Tudo bem, não tá mais aqui quem falou e nem o outro que entendeu tudo errado.

Beto simulou um sorriso:

– Muito engraçado.

Após uma pausa, Samuca continuou:

– Mas você sabe que é meu irmão, né? Qualquer coisa que precisar, qualquer uma, eu tô aqui.

– Puxa, obrigado. E digo o mesmo, cara! Mas não tô precisando de nada, não, desencana. Só me deu vontade de escrever, fica tranquilo. Tem mais alguma coisa errada?

– Comigo?

– Não! Com o poema!

– Ah, é! Bom... – Samuca deu uma última olhada antes de devolver o *notebook*. – Acho que não. Corrige aí o que eu te falei, aproveita e cria uma pasta para salvar o arquivo. Quem sabe este primeiro poema não te inspire a escrever um montão? Tô falando sério, antes que diga que eu tô zoando.

Beto deu uma risadinha irônica:

– E quem disse que eu já não fiz isso?

Ando em confronto
com um mundo em chamas,
gente por toda parte,
Aglomeração.

Estar sozinho
pesa mais agora do que antes,
A alma grita
E chora.

O mundo é grande,

E faz tudo parecer tão pequeno.

Os sentimentos,

Os sonhos.

Mas a solidão existe.

E é tanta que dói.

Fundo.

Só.

INSTITUTO LOUIS BRAILLE

O prédio que tinha dois andares e amplas janelas de vidro na parte superior ficava no meio do itinerário de Sebastião, numa avenida de mão única.

O trânsito de carros tornava-se intenso dependendo da hora do dia e, por causa disso, o semáforo para pedestres era mais do que simples cumprimento da lei. O vaivém de deficientes visuais, frequentadores do Instituto Louis Braille, também aumentava de acordo com o horário.

No ponto de ônibus, do outro lado da rua, havia um banco de concreto para quatro lugares. A cobertura era de plástico resistente e servia para alguma proteção, mas nunca totalmente, como nos casos de chuva forte. Também não era um local muito fresco, em dias de sol quente o ar ficava abafado, e a sombra da cobertura refrescava pouco.

Foi ali que Sebastião conheceu Vladmir. Ele tinha os cabelos grisalhos, meio compridos na altura da nuca e normalmente usava uma boina cinza que lhe conferia uma aparência mais jovem.

Não raro o via sentado no banco aguardando o ônibus, às vezes sozinho. Quando Sebastião passava, dava uma olhada discreta, porém nunca puxava conversa.

Entretanto, daquela vez Vladmir não se encontrava no lugar de costume, e sim em frente ao próprio Instituto, apertando a botoeira sonora do equipamento que acionava o sinal vermelho para os motoristas.

Reclamava alto, sem se importar com os passantes:

– De novo essa porcaria está quebrada? Isso é um desrespeito. Um desrespeito!

Sebastião parou perto dele. Cruzou os braços elevando a mão ao queixo e deteve o olhar naquele homem que aparentava estar muito irritado. Sebastião refletiu se lhe cabia ou não dizer alguma coisa.

Estacionou o carrinho rente à guia da calçada e se aproximou um pouco mais. Falava ou não falava?

Enfim, decidiu-se:

– Também acho! Concordo com o senhor, esse pessoal lá de cima não tem mesmo o menor respeito pela gente. Cadê a consideração com o povo pobre? Com os mais humildes, os necessitados? Não tem, não tem mesmo. Pode procurar que não vai achar ninguém. A gente tá lascado!

Ao pronunciar a última palavra, dado o silêncio que se seguiu, Sebastião teve a impressão de que falara demais. Tinha certeza disso, já que o outro não esboçara nenhuma reação. Estava lá, mudo e zangado.

Porém, em instantes, como chama acesa em superfície inflamável, Vladmir começou a rir e logo a risada explodiu numa gargalhada.

Sebastião não entendeu. Mas o que significava aquilo? Rir assim, na sua cara? Justo na cara de alguém que só tinha aberto a boca para ser solidário? Que injustiça! Mais um desses que não se importam com os outros.

Ressentido, virou as costas a fim de partir para o trabalho, coisa muito mais útil, aliás. "Isso o que dá querer ajudar os outros", pensou. Principalmente quando não se é chamado para ajudar.

"Ótimo pra você aprender, Sebastião", aconselhou a si mesmo.

No entanto, mal dera um passo, ele ouviu:

– Espera um pouco! – Vladmir brecou o riso e suspirou fundo como que para se recompor. – Não vai embora.

Ressabiado, Sebastião girou o corpo lentamente naquela direção. Perguntou-lhe:

– E como é que o senhor sabe que eu tô indo embora?

– Sabendo, meu caro – Vladmir parecia mais calmo, já tinha passado o ataque de risos. – Como é seu nome?

– Sebastião.

– Muito prazer, meu nome é Vladmir – esticou um dos braços e aguardou. Sebastião saiu de uma espécie de transe e foi apertar-lhe a mão. – Vou precisar de sua ajuda, Sebastião, porque essa porcaria aqui está quebrada de novo! Como é que a gente para o trânsito se o sinal não funciona? Pode me dar seu braço, por favor?

– Claro! Aonde o senhor quer ir?

– Quero atravessar a rua, ir para o ponto de ônibus. Daqui a pouco ele passa e aí já viu. Só dobre, que eu me seguro em você. Isso, assim mesmo.

Enquanto seguiam, Sebastião ficou pensando se Vladmir não enxergava nada ou se via pelo menos um pouco. Não dava para saber ao certo. Já tinha reparado nos olhos dele, uma vez que Vladmir não estava usando óculos escuros. Eram verde-claros, bonitos, mas um pouco tristes. Havia certa tristeza, sim, Sebastião podia jurar.

Também tinha olhos verdes, mas não tão claros quanto os de Vladmir. Sebastião era moreno, a pele queimada pelo sol, magro, os músculos definidos por causa de tanto peso carregado, não tão alto, um metro e setenta e pouco. O único filho que puxara a cor dos seus olhos foi André, os outros saíram iguais aos da mãe, castanhos bem escuros, quase pretos.

Vladmir agradeceu-lhe assim que chegaram ao ponto:

– Obrigado!

Ao tocar o banco com a bengala, ele se sentou; Sebastião continuou em pé, à sua frente:

– De nada. Se precisar de novo... É que eu passo sempre por esta avenida.

– Ah, é? E o que você faz?

– Sou catador de material reciclável.

– Também venho para cá quase todos os dias.

– Vem sozinho?

– Sim. Já faz um tempo que sim.

– Ah...

– Tudo nessa vida é uma questão de treino, meu caro. A gente aprende uma porção de coisas quando ainda é jovem, acha que está tudo certo, aprendido, mas aí vem a vida e lhe joga na cara novas lições. E o jeito é aprender, não tem outro. Porque senão, como você mesmo disse, a gente está lascado! – um risinho lhe escapou pelo canto da boca.

– Ah... – Sebastião enrugou a testa e arregalou os olhos, um clarão lhe apareceu. – Agora entendi! Foi por isso que o senhor desembestou a rir, é? Achei que estivesse caçoando de mim.

– Não, não. É que eu achei engraçado seu jeito de falar, tão espontâneo... Mas você está coberto de razão. Ô, se está.

Sebastião apertou os lábios e, devagar, foi movendo a cabeça para cima e para baixo:

– É... Dá pra gente notar que o senhor é um homem cheio de cultura. Deve saber muitas palavras. Eu conheço algumas só. Às vezes fico repetindo, usando as mesmas, nem ligo. Se eu tenho que falar alguma coisa, eu falo. Uso as que eu sei e pronto. Palavra é uma coisa bonita, né? Tem palavras que são compridas, demoram mais lá dentro do ouvido. Outras são curtinhas, passam raspando só. Tenho essa mania de ficar comparando, tem hora que a minha mulher fala que sou meio abilolado.

– Você é um homem sábio.

– Ah, deixa disso, seu Vladmir! – fez um gesto com a mão, encabulado. – Quem sou eu...

Sebastião aproveitou a deixa para se despedir. Apertou-lhe a mão com firmeza e em seguida atravessou a rua apressado, voltando a empurrar seu carrinho.

NOVO POEMA

Ao escutar o giro da maçaneta, Beto perguntou:

– Quem é?

– Posso entrar? Sou eu.

– Primeiro você entra, depois pergunta.

Humberto riu, fizera isso mesmo. Pediu desculpas, deixou a porta do quarto aberta e foi até a cama sentar-se junto ao filho mais velho.

Era domingo, quase cinco da tarde, o dia iluminado de sol apesar do outono, que já tinha começado. Mais um tempo, chegaria o inverno com seus dias curtos e noites geladas, e talvez tenha sido por essa razão, o clima ainda gostoso para ficar fora de casa ou pelo menos do quarto, que Humberto resolveu perguntar ao filho se estava tudo bem. Do seu ponto de vista, não havia um bom motivo para se trancar ali dentro. O caçula brincava na rua desde o momento em que tinha deixado o prato vazio em cima da mesa, na hora do almoço. Por que Beto não fazia o mesmo?

– Estudando? – olhou de soslaio a tela do *notebook*. Percebeu que não havia nenhuma janela aberta, provavelmente o filho a fechara assim que tinha entrado no quarto.

– Não, pai.

– Ahn.

Beto voltou atrás segundos depois e reformulou sua resposta. Achou que seria mais justificável:

– Mais ou menos, por quê?

Humberto meneou a cabeça:

– À toa. Perguntei por perguntar. Seu irmão está até agora na rua ou então na casa de algum vizinho. Como é que estão as coisas lá no Instituto?

– Com a Marinês pegando no meu pé.

Humberto deu uma risadinha, de quem já conhece o motivo:

– Até imagino por que...

– Tem hora que ela cansa!

– Beto, nunca vejo você lendo.

– Eu ouço. É a mesma coisa.

– Ela diz que não.

– Pai, você não precisa repetir o que ela diz porque eu já sei todo o discurso dela. Pode economizar seu tempo.

– Você está bravo com alguma coisa?

– Eu?

– É o que parece. Só fiz uma pergunta e você mudou.

– Não, pai. Não tô bravo. É que você interrompeu um negócio importante, eu estava concentrado e você me atrapalhou pra falar da Marinês!

– Eu não vim aqui pra falar da Marinês. Mas tudo bem, desculpa pela interrupção, não sabia que era algo importante. É que eu estranhei, está um dia lindo lá fora.

– Eu sei, pai, mas tô bem aqui. Tô concentrado, entendeu?

– Entendi. Tá certo, desculpa.

– Deixa pra lá. Sem problema.

Humberto deu um beijo na testa do filho. Ao sair, tomou o cuidado de deixar a porta como a tinha encontrado.

Beto esticou a mão e pegou os óculos escuros largados em cima do travesseiro para o caso de mais alguém aparecer e perguntar por que não estava fazendo alguma coisa ao ar livre com esse dia tão lindo e maravilhoso, ou então para o caso de ter que explicar por que sua cara estava assim ou assado.

Óculos escuros ajudavam a camuflar sentimentos e expressões, e isso era algo de que ele gostava. Não simplesmente um gosto, via o artefato como plena necessidade, já que ao entrar na adolescência fizera o possível para misturar-se aos demais, ficar o mais incógnito possível.

Beto nascera com baixa visão, só enxergando vultos até os doze anos, quando perdeu por completo a ínfima visibilidade. Talvez o erro tivesse sido crescer, pensava, pois não tinha lembrança de ter passado por nenhuma dificuldade aos sete, oito anos. Jogava bola com vizinhos, brincava de mãe da rua, pega-pega, corria feito louco por tudo quanto era lugar deixando a mãe morta de medo de que caísse e quebrasse uma perna ou um braço.

Sair de casa e alcançar novos horizontes foi um desafio imenso, mesmo que não estivessem muito além do próprio quintal. Não pela locomoção, sempre havia alguém da família que o amparasse, principalmente quando essa maratona teve início. A questão era a visibilidade, e isso lhe soava como um trocadilho, o fato de ter que se fazer presente.

Mudou de escola para encaixar horários, facilitar a vida da mãe, que foi orientada a levá-lo ao Instituto Louis Braille. Beto precisava tornar-se independente, aprender a lidar com a vida lá fora – esse era o mote principal da conversa-discussão entre ele e a mãe, na época. Doze anos, daqui a pouco, seria um homem. Estudos, namorada, trabalho, família... Espera! Coisa demais para um garoto dessa idade que se virava na rua como ninguém, que sabia muito bem onde estava cada cômodo da casa, cada cadeira, cada interruptor de luz.

Beto acreditava que a mudança de escola e a subsequente frequência no Instituto lhe trouxeram transformações muito mais profundas do que poderiam aparentar: as mudanças nele mesmo. Com as aulas do Instituto, começou a achar que não sabia era nada. Descobriu preocupações que não conhecia, pensamentos em que não pensava, teve de aprender a arrumar quarto, cama, gavetas, contudo não aprendeu simultaneamente a arrumar os sentimentos que vinham com a transição. Foi deixando de ser o menino extrovertido de antes para se tornar o garoto cauteloso; passou a sentir vergonha de ser quem ele era. Vergonha que chegou ao ápice quando a professora de mobilidade do Instituto pediu à sua mãe que comprasse uma bengala.

– Não quero usar isso. Vai parecer que sou um velho. Não vou usar e acabou!

Não era a possível aparência que o preocupava e sua mãe sabia muito bem disso. Ela insistiu por diversas vezes, argumentou, tentou acordos, porém, quando viu que não teria sucesso, comprou a bengala mesmo assim.

Beto largou-a num canto, não quis saber.

– Cadê a bengala, Beto? – perguntou-lhe Beatriz, a professora.

– Minha mãe não comprou ainda.

– Comprou, sim. Ela me contou.

– Não vou usar.

Beatriz desistia da conversa, mas não sem deixar de lhe dizer que ela *precisava* ensiná-lo a andar com a bengala. Não era possível começarem as aulas de mobilidade sem o equipamento. Beto veria quanta liberdade isso traria para sua vida, bastava querer experimentar.

– Não e não.

Beto tirou os óculos do rosto e tornou a deixá-los em cima do travesseiro. A essa altura, já esquecera completamente a interrupção do pai e estava de volta ao ponto de partida. Ia ganhando confiança e as palavras fluíam.

Só parou de escrever quando o comando de voz do celular o avisou sobre a mensagem recebida. Beto não ficou irritado, tampouco aborrecido, pois estava mesmo pensando em escrever para o amigo e lhe fazer umas perguntas.

SUAVE AROMA

O hálito de hortelã não apenas soprava um aroma refrescante próximo ao nariz como também era capaz de gelar seu estômago e lhe queimar a face, essa ardência inoportuna que envergonhava. Corar era difícil, pura sorte, o tom moreno, da mistura de pai negro e de mãe descendente de italianos, disfarçava bem certos constrangimentos que não escolhem hora de aparecer.

Não se julgava tão introvertido a esse ponto, o hálito e o gosto de hortelã já estiveram bem mais perto do que este sentido através do ar. Na boca, no beijo. Já tinha ficado, gostado e desgostado. Mas precisava admitir que alguma coisa não estava funcionando da mesma forma que antes. Achava difícil compreender o que já se transformara em rotina desde o dia em que Valquíria lhe tocou o braço, na primeira vez em que trocaram palavras. Via-se nessa falta de jeito que não lhe indicava como responder, ao menos ser natural diante de uma simples pergunta. A naturalidade não vinha.

– Por que não?

Era a segunda vez em menos de cinco minutos que Valquíria perguntava "por quê". Deu a mesma resposta que dera a Samuca, no dia anterior:

– Tô meio chato, é melhor não ir.

– Ah, sem essa, Beto!

A voz do amigo chegou rasteira, por trás do seu pescoço:

– Eu disse que não adiantava.

Foi o que bastou para Beto ter certeza de que Samuca e Valquíria conversaram a seu respeito. Sentiu-se sem graça, meio ridículo, a garota em pé ao lado de sua carteira e ele fazendo o tipo estátua. Pior que sentir-se ridículo foi o receio de que o amigo pudesse ter contado algo além, e ambos tivessem trocado ideias e chegado a conclusões.

– Não gosto de balada, Val – ele mudou o discurso, quem sabe ficasse melhor.

– Não acredito que esteja falando a verdade!

– Não tô mentindo.

– Vamos, Beto!

– Val, eu não tô entendendo essa insistência de vocês dois. Desde quando precisam de mim pra se divertir? Tá ficando um saco isso.

Houve um silêncio que gerou em Beto a desagradável sensação de quando se comete uma besteira, no caso, fala-se uma besteira.

Beto tentou ser rápido, quis emendar com uma frase que apagasse o embaraço, entretanto a voz de Samuca soou antes:

– Ela foi embora.

Mancada. Mancada. Mancada.

Não existe pior vilão que a própria pessoa, Beto caiu numa autocrítica pesada que lhe estragou a manhã e a tarde. Óbvio que Valquíria não se aproximou mais e Samuca, tentando aliviar o clima, não tocou mais no assunto.

No final do dia, Beto aguardou o ônibus de volta para casa sentado no ponto ao lado de Vladmir, em frente ao Instituto. Eles pouco conversavam; um estava aborrecido pelo dia lastimoso, e o outro fazia o de costume – economizava palavras.

Ouviram "Boa tarde!", e Vladmir se antecipou:

– Ô, Sebastião! – endireitou a postura ao reconhecer a voz, como se entrasse em estado de alerta. – Boa tarde! Vem cá, meu amigo! Para aqui um minutinho.

Sebastião deixou o carrinho encostado na guia da calçada e foi até o banco onde estavam sentados Vladmir e Beto.

– Você conhece o Humberto? – perguntou Vladmir.

– Só ele me chama de Humberto – esticou o braço, gentil. – Pode me chamar de Beto.

Sebastião apertou-lhe a mão dizendo "Muito prazer, Sebastião".

– Sente-se aqui do meu lado – pediu Vladmir, apontando um lugar. Parecia ansioso.

– Ih, seu Vladmir! Hoje tô meio com pressa, sabe? Quando saí de casa, a Rosa tava com febre. Sei lá, trabalhei preocupado o dia inteiro.

– Vai ver é só uma gripe.

– Foi o que ela disse.

– Então? É só um minutinho, preciso falar com você.

– Comigo? – Sebastião sentou-se, curioso.

– Bom... Eu queria te pedir desculpas.

– Desculpas? Pelo quê?

– Ora, não se faça de esquecido só para me agradar. Fui grosseiro com você outro dia, um estúpido.

– Tô acostumado.

– Como assim?!

– Tem dia que o senhor tá com a peste.

Beto riu com gosto.

– Mas olha só! Você é muito petulante, sabia?

Sebastião não fez nenhum comentário. Após uma pausa, Vladmir lhe perguntou:

– Quantos anos você tem?

– Trinta e quatro. Eu nunca disse, é?

– Talvez... Pensei que fosse mais novo. Costumamos associar a voz à idade e às vezes nos enganamos. Não concorda, Beto?

O garoto respondeu que não tinha muita noção, geralmente errava ao chutar a idade dos outros, por isso não gostava muito dos palpites. Tinha aprendido a perguntar diretamente se tivesse interesse em saber.

Uma vez, conheceu uma mulher no Instituto. Na ocasião, a coordenadora o chamou para apresentá-los. Era uma escritora. Beto não sabia direito o que ela fazia ali, mas acatou o pedido da coordenadora para lhe mostrar a biblioteca e seu acervo. Por que fora ele o escolhido para a tarefa, não fazia a menor ideia. Coisa da Marinês, desconfiou, ela sempre dava um jeito de metê-lo entre os livros.

A escritora ficou impressionada com os volumes dispostos de cima a baixo em quatro estantes de ferro. Havia mesmo uma boa e variada coleção, Beto reconhecia. Não era pela falta da diversidade de títulos que não os levava com mais frequência para casa. Era preguiça, no duro.

A biblioteca tinha um espaço razoável para acomodar os livros em braile, já que eles são maiores e em alguns casos é necessário mais de um volume para uma única história.

Durante algum tempo, a mulher conversou com Beto e com Lúcia, frequentadora e bibliotecária do Instituto no período da tarde. No meio da conversa, que já ficara um tanto informal, Beto perguntou à escritora:

– Quantos anos você tem?

– Cinquenta e um.

Os óculos escuros ocultaram, em parte, a sua surpresa. Porém não sabia se deixara transparecer algum resquício de decepção.

Beto terminou de contar a história para os dois amigos:

– Como assim, cinquenta e um? Com aquela voz de mocinha? Não esperava.

– Ah, menino! – disse Sebastião, malicioso – Já estava pensando em outra coisa, né?

– Eu, não...

Os três riram.

Um ônibus parou no ponto, e Beto confirmou que era o dele. Já tinha tentado falar com Valquíria duas vezes, mas ela não atendera a nenhuma ligação. Agora, já acomodado no assento, tentava de novo.

Foi preciso tocar até o final para que finalmente ela resolvesse atendê-lo, Beto não esperou que ela dissesse "Oi!" ou qualquer outro tipo de saudação:

– Desculpa. Eu vou.

– Não precisa.

– Eu vou. Não é por sua causa, quer dizer, é também. – Após um instante de silêncio, continuou: – É um jeito de mostrar que tô arrependido, fui grosso com você e não sou assim.

– Ahn.

– É que às vezes você e o Samuca...

– Já falei que não precisa ir.

– Agora é você quem tá sendo grossa, Val.

– Só queria ajudar.

– Mas eu não preciso de ajuda. Só por que não enxergo?

– Tá sendo grosso de novo!

– Desculpa.

– Nunca tratamos você diferente, sabe muito bem disso!

– Já pedi desculpa.

Valquíria amansou a voz:

– Acho que você não tá muito legal, anda meio quieto, sei lá.

– Que tem? Nunca ficou assim? Aposto que o Samuca andou te contando...

– Esquece o Samuca! Eu que sinto.

Beto ouviu um passageiro pedir licença e tirou sua bengala do banco ao lado. Na ânsia de ligar para Valquíria, esquecera de guardá-la no próprio assento ao retirar o celular do bolso. Até que a distração não era um indício ruim; desde que concordara em usar a bengala procurava escondê-la entre objetos, apesar de ser discreta quando dobrada. Não se lembrou de fazer isso dessa vez, nem de relance.

– Ah, claro! Pode sentar!

– Hein?

– Val, eu tô no ônibus.

– Então é melhor a gente conversar depois. Guarda esse celular antes que você fique sem ele. Nunca se sabe.

– Tá bom. Mas fala se me desculpou.

– Claro, né?

IMPRESSÕES

– O senhor tem voz de gente séria – Sebastião disse, continuando o assunto depois que Beto os deixou com aquela história de engano.

– Mesmo? Há poucos dias o Humberto me disse que não imaginava alguém me chamando de Seu Vlad.

– Seu Vlad! Taí. Gostei.

– Acha que combina?

– Pra ser sincero, não.

Vladmir riu.

– Você é engraçado... Sabe, Sebastião, quando eu tinha a sua idade ainda enxergava um pouco. Mas já estava difícil trabalhar, logo depois me aposentei. Bem que eu não queria, por mim, seria fotógrafo a vida inteira. Amava meu trabalho.

– Quer dizer que o senhor ficou doente? Por isso ficou cego?

– Retinose pigmentar. Descobri aos vinte anos e fiquei totalmente cego aos quarenta e um. É uma doença que causa a degeneração da retina, que é a responsável pela captura da imagem.

– E não teve jeito?

– Não há jeito. Que ironia, um fotógrafo que não enxerga. Achei uma injustiça muito grande. Na verdade, ainda acho. A beleza da imagem depende do olhar do fotógrafo e eu não teria mais nenhum olhar dali em diante – Vladmir suspirou com pesar. – Sou um homem acabado, Sebastião.

– Ah, não fala assim, seu Vladmir! Imagina, um homem tão inteligente!

Vladmir soltou o ar pelo nariz segurando entre os lábios um sorriso amargo.

– Qual a idade dos seus filhos, Sebastião?

– O André tem doze, o Davi, dez, e o Josué, oito. O caçula tem esse nome por causa de um filme que eu mais a Ana Rosa vimos na televisão. Ela tava grávida de sete meses. Filmão, sabe? Chorei pra caramba no final. Mas acho que não foi só por causa do final que eu chorei... É, não foi.

– Que filme?

– *Central do Brasil.*

– Ah, mas você tem mesmo razão! É um filme muito bonito, também assisti. Quanta ternura ele nos passa! Uma bonita história de amizade entre uma mulher que leva a vida enganando as pessoas e um menino que sonha em reencontrar o pai. Belíssimo!

– O senhor... viu ou só ouviu?

– Mais ouvi. Ainda não tinha perdido a visão completamente, mas a dificuldade já era grande. Sebastião, tem hora que não é fácil e eu fico mesmo insuportável. Não devia ter falado com você do jeito que eu falei naquele dia. Ando brigando até com a minha namorada, pra você ter uma ideia.

– O senhor tem namorada?

– Tenho.

– Que legal!

– Por que esse *que legal*? Por acaso, acha que um deficiente como eu não pode namorar?

– Não disse isso, não senhor.

– Mas aposto que pensou: "Olha só, o ceguinho está namorando...".

– Seu Vladmir, eu não pensei nada não, só achei legal e pronto. Quem sou eu pra pensar alguma coisa de um homem tão culto feito o senhor.

– Quem disse que eu sou culto?

– É só olhar que a gente vê. Até do filme que eu falei o senhor já sabia. Aposto que mesmo não enxergando direito entendeu tudo melhor do que eu.

– Ô, Sebastião. Sabe que eu já reparei numa coisa?

– No quê?

– Vira e mexe você tem essa mania de se achar pior que os outros.

– Sou mesmo, ué. Quer dizer, no trabalho eu sou bom, todo mundo lá da cooperativa gosta de mim. Em casa também, a gente forma uma família arretada.

– Então?

– Mas tem coisa que eu não sei. Que sou burro que nem uma porta.

– Ninguém é burro, Sebastião.

– E o senhor por acaso me conhece?

– E nós dois não estamos sempre conversando?

– E daí?

– E daí que você fala da sua vida...

– Não falo tudo.

– Mas que homem teimoso!

– Até o senhor vem dizer isso? Não chega a Ana Rosa?

– Sebastião, você sabe muitas coisas. Estou falando sério. Por exemplo, quantas pessoas imagina que conhecem o funcionamento de uma cooperativa de materiais recicláveis? Mais: que *reconhecem* a importância da reciclagem?

– Que reconhecem eu não sei. Já contei pro senhor do Mineiro, né?

– Que Mineiro?

– Meu amigo catador de reciclável que foi morto no mês passado. Uma covardia! Implicaram com ele. Com o carrinho, com o barulho, sei lá. Deram um tiro e acabou.

– Não lembrava que se chamava Mineiro... Quanta brutalidade...

– Uma tragédia!

– Ninguém ainda foi preso?

– Até agora, não. Vai saber. Revoltante!

Os dois se calaram por um momento; o silêncio veio como forma de respeito ao morto.

– Seu Vladmir, só pra encerrar o assunto, queria dizer pro senhor que eu conheço o que eu conheço porque aprendi na prática.

– E porque aprendeu na prática não tem valor? Eu também tive que aprender uma porção de coisas na prática e foi muito difícil.

– Ah, mas o senhor é estudado, é fotógrafo... Não dá pra comparar, seu Vladmir! – Sebastião foi se levantando. – Bom, me dá licença que agora eu preciso ir.

– Sebastião, estou sentindo você meio chateado...

– Tô chateado não, seu Vladmir. Eu tô é triste.

– Por causa do Mineiro?

– Também.

– Também?

– É que lembrei da Dora com essa conversa.

– Que Dora?

– Do filme. Esse filme mexe com a minha cabeça, sabe? O senhor nem imagina.

ESTAÇÃO

Era impressionante a quantidade de pessoas que subiam e desciam dos trens todos os dias. No instante em que as portas eram abertas, a plataforma se transformava num vale que recebe as lavas de um vulcão. O rosto incógnito das pessoas inspirava o ar seco e abafado, cada uma com sua pressa, os pensamentos distantes. Visto do alto, o lugar lembrava um formigueiro.

Difícil embrenhar-se no meio de todos sem nenhum esbarrão. Era uma luta entrar no trem antes que a porta se fechasse, muitos se atiravam na contramão, em ziguezagues confusos, pois era óbvio que não dava para esperar, não dava para deixar os passageiros saírem para entrar depois. A desorganização acabava se impondo como ordem do dia – neste mundo, cada um sobrevive como pode.

Sebastião achava triste o começo do filme. Dora chegava em casa, um apartamento escuro e solitário, abria as janelas, e o barulho do trem que passava ali em frente vinha logo inundando tudo. Era só o que a mulher tinha. O barulho do trem.

A periferia é longe. O Nordeste mais ainda. Tanta gente esquecida por todos os cantos.

Filho do meio de dona Augusta e seu Natalício, Sebastião nasceu na cidade de Altinho, no agreste pernambucano, e lá permaneceu até os dezoito anos. Trabalhou no campo desde pequeno, ajudou a cuidar de dois irmãos menores – havia dois mais velhos – e durante várias vezes perguntou-se por que é que não conseguia ajudar a si mesmo também.

Os irmãos foram crescendo, os mais novos foram para a escola e conseguiram estudar. Disso, Sebastião morria de orgulho, pois se dependesse só do pai e da mãe, se ele não tivesse insistido e assim os convencido da importância do estudo, provavelmente os pequenos teriam o mesmo destino dos outros três: seriam analfabetos.

Partir era coisa que tinha enfiado na cabeça havia alguns anos. Sabia que sentiria falta da mãe, do pai, dos irmãos, mas não queria passar a vida inteira num sítio afastado da cidade, não queria conhecer alguém e se apaixonar, muito menos constituir família ali.

Foi então que, poucos meses depois de ter saído do sítio e vindo para uma cidade grande, conheceu Ana Rosa em uma festa de aniversário da namorada de um colega de trabalho. Dois anos mais nova que ele, Ana Rosa era a menina mais linda que já tinha visto na vida – alegre, festa brotando pelos olhos, lábios que já o deixaram tontos desde o momento em que foram apresentados. Deu-lhe a mão no cumprimento, porém, na verdade, o que queria mesmo era lhe dar um beijo. Mas que boca tão bem desenhada!

"Segura essa, Sebastião", ele pensou. "Assanhado."

Não demorou muito e se casaram, tiveram três filhos, Sebastião era um homem feliz, não reclamava de nada. Em momentos de filosofia, que não eram poucos, costumava citar frases de autoajuda que funcionavam como um convencimento para tempos difíceis: as dificuldades fazem parte da vida.

Dora escrevia cartas para quem não sabia escrever. Coisa mais bonita, ele sonhava. Está certo, a mulher usava e abusava da boa-fé das pessoas. Tanto espertinho há neste mundo... No cinema e na vida real. Mas Dora tinha boa alma, e era isso o que mais o emocionava no filme.

Gostava dela, do Josué, o garoto que ela conhecera aos pés da estação de trem.

Mas era filme. E tinha um bom desfecho, independentemente de ser feliz ou triste. Na maioria das vezes, essa percepção está em como o espectador se sente e enxerga a própria vida naquele dado instante. Sebastião se enxergava nas cenas, no lugar de Josué, ambos sem leitura.

Quando se encontrou com Vladmir novamente, Sebastião foi convidado para assistir à peça de teatro que o amigo e o grupo apresentariam. Acontece que caía bem no meio da próxima semana e Sebastião nem teria tempo de chegar em casa, tomar um banho e voltar ao Instituto no horário marcado. Se fosse no sábado ou domingo...

– Nunca fui num teatro – disse Sebastião a Ana Rosa, distraidamente.

– Do que é que você tá falando, Tião?

– Seu Vladmir vai apresentar um teatro na semana que vem. Só ele não, os amigos lá do Instituto também.

– Tudo cego?

– Não perguntei, mas deve ser. É que lá não tem só quem não enxerga, também tem gente que vê só vultos. Tem um nome isso. Como é mesmo...? Seu Vladmir explicou. Ah! Baixa visão.

– Nossa, como é que pode, né?

– O quê?

– Fazer teatro. Difícil sem enxergar.

– Pois é...

– E ele te convidou – Ana Rosa afirmou em vez de perguntar.

– Sim. Mas não dá, dia de semana é fogo! Agradeci e falei que ficava pra próxima. Aí a gente vai, né?

– Se ele convidar de novo...

– Sabe, fiquei pensando. Teatro deve ser mais legal que filme porque a gente fica junto com eles, vê tudo ao vivo. Você não acha? Da próxima vez nós vamos.

BALADA DO TERCEIRÃO

Música eletrônica não era exatamente sua música preferida. Mas gostava. Além disso, o DJ contratado era bem famosinho, desses que dali a pouco estarão cobrando uma fortuna para exibir seu talento, quem sabe comandando *pick-ups* no mundo inteiro. Não dava para desperdiçar a oportunidade.

Tinha ouvido toda a baboseira de convencimento da boca de Samuca, antes por mensagens, depois pessoalmente. Mas não era por causa disso que precisava ir à festa organizada pelo terceirão do colégio, que desde o segundo ano vinha angariando fundos para a formatura. Ia pela Valquíria. Tinha prometido.

Não havia telões reproduzindo imagens de pistas lotadas de jovens, muito menos *lasers* atravessando o céu num *show* de luzes e cores.

Era tudo mais simples, por mais que Samuca elogiasse o DJ, o som, o local, falasse sobre os micos de alguém nessas ocasiões, sobre o cabelo das meninas, sobre a maquiagem, os olhos que tinham lápis definindo o contorno, rímel alongando e engrossando os cílios, batom vermelho queimado, vestido curto lilás com detalhe em branco, sapatilhas pretas, correntinha no tornozelo esquerdo, cabelos soltos que chegavam ao meio das costas, brinco de argola, quase não dá para ver por causa do cabelo, só reparei porque ela mexeu nele agora, mudou de um lado para o outro, mas depois jogou para trás de novo. Não tem nenhum colar, a menos que esteja por dentro da roupa, aí já não sei, não tem como saber, o detalhe branco do vestido é bem rente ao pescoço. Ela tá chegando aqui.

– Oi, gente!

– Hum... Que cheirosa, Val!

– Obrigada, Beto! Perfume novo.

– De balada?

– Rá, pode ser. Não vou ficar gastando meu frasco pra assistir aula com vocês dois...

– Nossa, quer dizer que a gente não merece um cheirinho mais agradável?

– Ai, Samuca!

– Liga não, Val. Você é cheirosa sempre.

– Conversa útil pra um sábado, hein?

– Você que começou. Vim só cumprimentar, tô indo.

– Fica! A gente dança juntos.

– Nossa, Beto! Eu a-do-ro essa música!

– Eu também!

– Que mentira!

– Mentira nada, Samuca.

– Me engana que eu gosto.

– Você é tão irritante!

– Vocês não tão me deixando ouvir a música!

– Caramba! Só se você tiver surda!

– Para, Samuca! Deixa a Val em paz.

– Deixo. Aliás, vou falar com meu amigo DJ.

– Agora ele é seu amigo?

– Val, tô pensando numas coisas aqui.

– Você pensa, é?

– Cala a boca, Beto. Olha só. Acho que é um trabalho legal. Tudo bem que precisa memorizar um monte de coisas pra não fazer feio na hora.

– Ferrou!

– Além de ter os equipamentos, claro, as próprias músicas, sei que posso esquentar as pistas e botar pra ferver.

– Ô, Samuca!

– Fala nada, Val. Deixa ele. Cada hora ele quer uma coisa, agora vai ser DJ.

– Não falei que vou ser DJ.

– Acabou de falar.

– Quer saber? Tchau pra vocês.

– Vai lá falar com seu amigo!

– Ele já tá longe, Beto.

– O Samuca é incrível!

– Em que sentido você tá falando?

– Em todos. Meu melhor amigo. Meio doido, mas é.

– Acho legal a amizade de vocês.

– Deu certo logo que mudei de escola.

– Foi bom eu ter mudado também.

– E a saudade dos amigos?

– A gente se fala, envia mensagem, quando dá certo saio com eles.

– Foi bom eu ter vindo.

– Te disse!

– Você tá bonita.

– Como sabe?

– Sabendo.

– Me dá sua mão. Como você me vê? Que é que te falam as pontas dos dedos? Rá-rá. Sou mesmo bonita?

– Seus cabelos estão soltos, olhos nem grandes nem pequenos, tá usando maquiagem nos cílios, sobrancelhas um pouco grossas, nariz pequenininho, orelha também, lábios macios, pescoço úmido...

– Ai, tô suada! Para Beto.

NA HORA H

Poucos minutos antes do espetáculo, Vladmir estava prestes a desistir. A professora de teatro tentou acalmá-lo, com muita paciência e jogo de cintura: "Quantas vezes já ensaiou, vai dar tudo certo, fica tranquilo". Mas o mau humor dizia que tinha esquecido tudo, que o aparelho de som não estava bom, que o CD estava todo riscado.

– Não vou mais apresentar coisa nenhuma, põe outra pessoa no meu lugar. A Lúcia! Isso. Ela sabe as falas, esteve na minha casa várias vezes me ajudando.

– A Lúcia já tem o papel dela, Vladmir. Vai querer que ela interprete dois personagens ao mesmo tempo?

Ele sacudiu os ombros. Não dava a mínima.

A professora insistiu:

– Não fica tão nervoso, não tem necessidade. São pessoas conhecidas que vêm assistir.

– Você não convidou um pessoal lá da prefeitura?

– E não foram vocês mesmos que quiseram convidar?

– Quem falou foram os outros, eu não falei nada.

– Ah, Vladmir! Que mentira! Você é o que mais reclama que ninguém aparece aqui para saber das nossas dificuldades. É semáforo quebrado, calçadas cheias de buracos, sinalizadores assentados incorretamente...

– Não falei que precisava ser no dia da peça.

– Todos concordaram. Para de tirar o corpo fora.

– Olha. Eu ando mesmo muito aborrecido, insuportável e briguento, e você preste bem atenção numa coisa porque estou falando sério! Esqueci a porcaria do meu papel. Não tem palavra nenhuma na minha cabeça e ainda por cima a Lúcia ficou falando, ficou me enchendo...

– Falando o quê?

– Nada. A Lúcia é muito chata. De hoje nosso namoro não passa.

– Uai, mas por quê? Vocês formam um casal tão lindo!

– Lindo uma ova! E agora vou embora. Volto só no ano que vem. Se voltar!

E saiu, deixando a professora sem entender nadinha de nada.

Ao saber do emburramento do colega, Beto foi até o banheiro, o lugar onde ele estava:

– Ei, seu Vladmir! Vai me dizer que um homem desse tamanho amarelou bem na hora H!

– Que é isso, menino! Desde quando te dei essas confianças?

– Tô imitando seu amigo Sebastião – Beto deu uma risadinha. – Falando a verdade!

– Que despropósito!

Beto percebeu que o momento não era apropriado para brincadeira e parou de rir. Sentiu Vladmir nervoso de verdade e achou que tivesse pisado na bola. Não funcionava com todo mundo um choque frontal sem piedade.

– Desculpa, seu Vladmir. Eu estava tentando deixar o senhor mais relaxado. Foi mal.

Ele não respondeu se iria desculpar. E Beto achou melhor chamar outra pessoa.

Lúcia parou à porta e, mãos na cintura, avisou o namorado:

– Vem cá, Vladmir. Senão vou entrar aí!

– Você não pode entrar, estou num banheiro masculino.

– Larga a mão de ser bobo! Você sabe todas as falas tim-tim por tim-tim!

– O CD estava arranhado.

– Mentira. Eu ouvi tudo com você e não percebi nada disso.

– Então foram os meus neurônios que apagaram uns pedaços.

– Seus neurônios estão ótimos.

Vladmir levantou-se da cadeira que ficava perto do lavatório e andou lentamente na direção da namorada. Lento como quem não quer ir, uma tartaruga. Parou diante dela sem nada dizer.

Lúcia tornou doce a voz:

– Vem, Vladmir! Está todo mundo te esperando, tem convidado que já chegou! Olha, desculpa se eu ando falando demais, tá bom? Não vou te pressionar a fazer o que não queira, eu juro. Se não sente mesmo nenhuma falta...

– Claro que eu sinto! Sou um jornalista. Fui, pelo menos. E eu já aprendi muito nesta vida depois que ela me pregou esta peça, tive que me virar de ponta-cabeça para continuar a viver. Além do mais, passei da idade de aprender certas coisas, muito difícil.

– Andar com a bengala também é difícil e você aprendeu.

– Senão eu me matava de tanta pancada! Foi uma necessidade, eu precisava ser independente.

– Te mostrei outra forma de ser independente.

– Lúcia...

– A campainha do teatro já vai tocar! Vamos ou não vamos? Hein?

– Se eu esquecer uma fala...

– Eu sopro.

– Coisa de criança isso.

– Para de resmungar feito velho.

– Eu sou velho.

– Seu nariz.

O MISANTROPO

– Mi... o quê?

– E o nome do personagem dele é Sóstrato. Ele não te disse?

– Se disse, não lembro...

– Misantropo é um cara que não quer viver em sociedade, não se adapta, odeia gente, mais ou menos isso.

– E o Beto é o Sós...

– Sós-tra-to.

– Nossa, não tinham um nome melhor, não?

– Fala baixo! Tem pessoas aqui que podem se ofender!

– Ofender, por quê? Falei alguma coisa demais? – Samuca deu uma olhadinha para os lados e para trás, discretamente. Ele e Valquíria aguardavam o início do espetáculo.

– É uma peça grega – explicou Valquíria. – Baseada numa peça grega. O Beto disse que foi a professora de teatro quem adaptou. Ô, Samuca! Duvido que ele não tenha comentado nada com você!

– Comentar, comentou. Mas...

Samuca tentou achar na memória algum sinal que o remetesse aos nomes, mas não encontrou nada similar. Talvez não tivesse prestado muita atenção quando o amigo lhe dissera, se é que dissera, que o nome da peça era *O misantropo* e que ele faria o papel de Sóstrato.

O misantropo era um velho rude e solitário que não gostava de conviver com ninguém. Vivia com sua filha, Moça, e Górgias, filho da ex-esposa que o abandonara em virtude do temperamento difícil. Sóstrato, um rapaz rico, apaixona-se por Moça, mas Górgias não vê com bons olhos essa aproximação. E já o avisa que será difícil obter a aprovação do misantropo, que sua família é humilde, porém trabalhadora, e o rapaz, acostumado à boa vida, só lhes causaria transtornos e aborrecimentos. Entretanto, Sóstrato mostra-se disposto a lutar por Moça, pois está perdidamente apaixonado. Górgias concorda em levá-lo ao padrasto, que, na mesma hora, mostra que não há nenhuma chance de aquele romance vingar. Os rapazes tornam-se amigos, mas nem por isso o impasse se desfaz. Num belo dia, o misantropo cai num poço ao tentar recuperar uma enxada e, como era demasiadamente ruim e odiado por todos, ninguém quer ajudá-lo a sair de lá. Sóstrato é o único disposto a socorrê-lo. Comovido pela benevolente atitude, o misantropo não só aceita a união dos apaixonados, como também percebe que ninguém consegue viver sozinho.

Vladmir é o misantropo. Beto, Sóstrato.

Ao término da peça, os atores foram efusivamente aplaudidos em pé. Samuca assobiou e gritou diversas vezes o nome do amigo, Beto respondeu-lhe sorrindo e com o braço levantado fez um sinal de positivo. O jovem e estreante ator estava realmente feliz; não esquecera nenhuma fala, tampouco Vladmir ou qualquer colega da trupe. Porém, o melhor de tudo, sem a menor sombra de dúvida, foi ter recebido o abraço sincero e ao mesmo tempo vigoroso de Valquíria.

– Adorei! Que demais, Beto! Muito bom! Perfeito!

O instante do abraço foi minuciosamente sentido, apesar do pouco tempo que durou. Beto saberia descrever em minúcias desde o momento em que Valquíria se levantou como se cada cena tivesse acontecido em *slow motion*.

Valquíria, dando os primeiros passos na sua direção, sorriso largo e afetuoso, espontaneidade que transparecia surreal, jogando-se nos seus braços, colando seu corpo ao dele, mãos nas costas em vaivém, fios de cabelo roçando-lhe o rosto e ele, numa respiração controlada que inspirava a cada segundo um aroma silvestre, deixa escapar um suspiro no lugar da respiração. O pescoço de Valquíria tinha um cheiro meio doce, meio fresco que já conhecia. Beto deita um pouco a cabeça e seus lábios chegam a tocar-lhe a pele, seus sentidos ligados ao máximo e o coração trabalhando com a carga máxima.

Todavia a cena foi cortada abruptamente quando Valquíria se afastou e lhe beijou o rosto estalando outros parabéns.

Samuca chegou segundos depois, enfiando-se entre os dois e parabenizando o amigo com seu jeito próprio de fazer piada com tudo.

Ele não sabia, não fazia a menor ideia que o amigo levasse jeito para ator. Baita surpresa, veja só, bacana mesmo, Beto trabalhando no teatro. Maravilha, maravilha. Que bobagem, Samuca continuou costurando as frases. Ele ali, preocupado em ajudar o amigo a encontrar algo com o qual se identificasse, achando que a poesia...

– Tá escrevendo poesia, Beto?

Tarde demais para intervir. Só se prestassem muita atenção veriam o rosto de Beto levemente rosado. Por dentro, fervia.

– Larga a mão de ser besta, Samuca! – disfarçou num riso que era pura demonstração de nervosismo. Ficou bravo de um jeito muito suspeito, parecia excessivamente incomodado com a fala do amigo. Isso talvez não tivesse conseguido disfarçar.

– Mas você tá escrevendo, Beto? – Valquíria desconfiou que tinha coelho nesse mato ou gato nessa tuba, como a mãe lhe falava toda vez que tentava não lhe contar algo.
– Puxa, eu adoro poemas, quero ler!

Beto não ficara nervoso ao interpretar Sóstrato, não ficara receoso de esquecer falas e marcações, contudo não sabia como lidar com uma manifestação desse tipo.

Valquíria não era Moça, até beijo no palco tinha saído sem que isso o perturbasse, mas era ela quem conseguia arrepiar seu corpo inteiro como se o palco fosse bem ali naquela hora.

Antes fossem os lábios de Valquíria que beijara e não os de sua amiga do Instituto. Era obrigado a confessar a si mesmo que ao fechar os olhos, melhor, quando Sóstrato fechou os olhos para beijar Moça, foi em Valquíria que pensou. Os pais de Beto surgiram em seguida para cumprimentá-lo, e ele nunca gostou tanto de ouvir aquelas vozes. Estava salvo.

O assunto mudou, Valquíria fez uma montanha de elogios, os quais deixaram Humberto e Lidiane ainda mais orgulhosos. Sua mãe contou que Beto nunca fora uma criança tímida, podia-se dizer que era exatamente o contrário: um menino destemido, enturmado, sociável, falador. Acharam bom vê-lo interpretar; às vezes, sentiam o filho um pouco solitário tal qual o misantropo, com exceção à rudeza, claro, já que era um menino sensível e educado. Viam agora que se tratava apenas de uma impressão. Não. Beto era tão corajoso e determinado quanto seu personagem, que lutou pela amada até o fim. Orgulho de pai e mãe.

Ele interpretava bem o seu papel.

NA PRAÇA

No domingo daquela mesma semana, no meio de uma tarde azul, Vladmir e Lúcia foram à mesma praça a que costumavam ir no bairro onde ele morava. Lugar calmo e silencioso, apenas pássaros e cães passeando com seus donos cortavam o silêncio de vez em quando. Mas isso não incomodava ninguém, eram ruídos próprios da perfeita interação entre homem e natureza.

Estavam sentados num banco, Lúcia com a cabeça no ombro do namorado, quieta e tranquila, Vladmir do mesmo modo. Em certo momento, ela tocou os cabelos do namorado enrolando-os no dedo feito anel. Repetiu o movimento suave algumas vezes. Vladmir se sentiu um pouco ensonado por causa do toque e também por causa da preguiça de um domingo depois do almoço.

– Você tem os cabelos macios – Lúcia murmurou.

Vladmir respondeu baixinho para não espantar a sensação de relaxamento que dominava os dois:

– Devo estar com muito mais cabelos brancos do que tinha quando ainda enxergava.

Lúcia sacudiu os ombros:

– Pra mim, isso não faz a menor diferença. – Segurou sua mão e lhe disse com doçura na voz: – Somos seres que respiram, Vladmir.

– Por que está me dizendo isso?

– Porque às vezes você parece esquecer.

– De respirar? Eu estaria morto – um riso sem graça tomou conta de sua fisionomia.

– Não se faça de desentendido, lembre-se do que nos fala a professora de ioga: respirar é a primeira coisa que fazemos ao nascer e também será a última.

Vladmir expirou o ar pelo nariz e não respondeu.

– Queria te ver mais solto. Que sentisse que tem mãos, pés. Você não é apenas seus olhos, você tem um corpo que vive.

– Lúcia, você fala de um jeito... É que já está acostumada, nasceu assim.

– Não vem com essa conversa, sabe que eu não tive uma infância fácil. Meus pais sempre foram muito ignorantes, até compreendo, pois naquela época as pessoas nos viam como uns inválidos mesmo. Ficava presa dentro de casa, não me exercitava, minha postura nem era normal, tinha os músculos meio atrofiados. Saía exclusivamente com eles para ir à igreja ou à casa de algum parente. Festinhas, só dos primos; escola, especial. Nunca me puseram para interagir com as pessoas que enxergam, nunca me levaram a um cinema, teatro... Afinal, que é que eu ia fazer num lugar desses se não enxergava nada? Pra que, não é mesmo? Ignorância pura.

– Você passou por um bocado de coisas.

– Pois é. Uma época em que eu só andava me segurando pelas paredes e móveis da casa. Ninguém achava que eu precisava de uma bengala para aprender a caminhar sozinha. Nasci sem a visão, mas nem por isso as coisas foram mais simples do que para você, que perdeu depois. Não recebi estímulos e precisei me virar quando adulta, mais ou menos como te aconteceu. Só mudou quando conheci o Instituto, aí eu aprendi a usar bengala, a tomar ônibus, a ir ao supermercado, a lojas, a fazer compras como toda pessoa deste mundo. E aprendi a ler. Depois de adulta, Vladmir. Tenho quarenta e dois anos, mas posso afirmar que a minha vida começou mesmo aos vinte e um. Foi quando o mundo se abriu pra mim.

– Desculpa, Lúcia. Tô virando um velho chato. Às vezes fico achando que todas as injustiças do mundo recaíram sobre mim: por que perdi a visão, por que tive que parar de fotografar...

– Outro dia eu estava conversando com a Marinês na biblioteca, e ela me contou sobre uma reportagem que tinha lido.

– Que reportagem?

– Sobre um fotógrafo cego.

– E como é que ele sabe o que está fotografando?

– Intuição, sensações, emoções... Tudo começa dentro da gente, não acha?

– Não sei... Difícil pensar nisso.

– Por que não pesquisa?

– Tenho saudade das minhas pesquisas, meus estudos, da leitura à noite antes de dormir, das idas à livraria, de como escolhia os livros lendo a orelha, a quarta capa, o primeiro capítulo... Já te disse que sempre gostei de escolher assim? Bom, dependendo da história acabava lendo mais, quem consegue parar quando um livro é bom? Tinha tanto prazer nisso... Ai, que saudades! Quanta coisa eu perdi!

– Meu querido... Sabe que não precisa parar de ler.

O PERSONAGEM

– "Você acha que é crime se apaixonar? Se acha, então eu sou um criminoso! Não estou aqui com más intenções, sinto muito ter causado essa impressão. Posso me vestir e trabalhar como vocês, traga a enxada e verá que eu falo sério. Amo a sua irmã mais que tudo na vida e estou disposto a provar!"

Beto riu, relaxando os músculos e tombando as costas para trás, o suficiente para encostar-se no tronco da árvore.

Passada uma semana, todas as falas de Sóstrato ainda estavam vivas em sua memória. Tinha facilidade para decorar textos, mesmo os mais longos, mas sabia que teatro não se trata de mera repetição de frases. Beto se expressava bem. Tinha habilidade e desenvoltura para interpretar, caso contrário suas falas sairiam mecânicas, subtraídas de emoção.

A professora lhes contara sobre a comédia grega escrita havia séculos e encenada "um milhão" de vezes até hoje.

O texto ainda fazia sucesso por estar repleto de reflexões que dizem respeito às pessoas, independentemente de tempo e espaço: as relações humanas, as emoções, o amor.

— Você é um criminoso? — Valquíria segurou apertado o rosto de Beto com uma das mãos, os dedos encravados na bochecha, os dois cara a cara.

Essa proximidade exaltou-lhe os sentidos, a terrível sensação de que Val tinha descoberto tudo aquilo que quisera esconder. De nada lhe adiantaram os óculos escuros, pois seus lábios transpareciam a secura e a face revelava um ar de espanto por simplesmente ter ouvido o que ouviu.

Ria? Ficava sério? A mão de Valquíria apertava-o numa atitude investigativa, o tronco da árvore era o muro no qual estava sendo prensado e pressionado a confessar.

— Tô brincando! — de repente, ela soltou as mãos da face achatada e o riso apareceu fácil. — Pode desfazer essa cara de culpado!

Beto ajeitou as costas e massageou as bochechas:

— Você me machucou.

– Que mentira!

– Sério! Doeu. Também, você apertou tanto!

Ela fez graça:

– Desculpa aí, senhor delicado!

– Rá-rá-rá.

– Vai. Continua falando.

– Falando o quê?

– Do Sóstrato! Tô gostando de ouvir.

– Ah... Depois dessa, esqueci!

– Gostei do misantropo também. Ele tinha um nome... Como era mesmo?

– Cnêmon.

– A gente conhece uma porção de misantropos aqui na escola. Tá cheio.

Beto queria continuar o diálogo, mas ficou desconcertado. A espontaneidade se perdeu, ele travou, não conseguia prosseguir.

Valquíria deu sequência:

– Muitas coisas acontecem exatamente para mostrar que estamos errados. Que não podemos viver sozinhos. Vivemos em sociedade, caramba! E não adianta pensarmos o contrário, sempre vamos precisar de alguém um dia... Achei muito boa a interpretação dele. Do cara que fez o misantropo. Quem ele é?

– Seu Vladmir. Mas posso falar uma coisa? Não sei se ele interpretava o Cnêmon ou a si próprio.

– Por quê? Ele não quer conviver com ninguém?

– Não é isso. Quer dizer, não o conheço a fundo pra afirmar. Mas ele é assim, meio rabugento tem hora.

– Ah, isso eu também sou!

– Duvido.

Seguiu-se um silêncio estranho após Beto ter dito a última palavra. Valquíria não concordou nem discordou, não quis responder.

Beto falou baixinho, como que para confirmar sua presença no lugar:

– Val...?

Como resposta, ele ouviu o que não tinha nada a ver com o que conversavam:

– Vamos subir, acho que deu o sinal.

FINAL DA TARDE

Quando sentiu a rajada de vento, Vladmir respirou fundo e automaticamente fechou os olhos. Havia sol, céu com poucas nuvens e o vento não só refrescava a tarde como também mexia com memórias e sensações.

Um ônibus passou, outro também, um dos motoristas chegou a buzinar, uma vez que já o conhecia. Vladmir apenas levantou o braço e, num gesto, dispensou a condução.

Algum tempo depois, ao ouvir o barulho das rodinhas crispando no asfalto, Vladmir cumprimentou:

– Boa tarde, Sebastião!

O homem deu uma risadinha de desconfiança:

– Mas o senhor, hein? Quem disse que sou eu? Por acaso só eu que passo por aqui com carrinho, é?

– Conheço seu carrinho. Sua mulher já melhorou?

– Ah, melhorou sim – Sebastião foi sentar-se ao lado dele. – Era só gripe mesmo. Fico meio aflito, hoje em dia a gente pensa que uma gripinha de nada passa logo e quando vai ver o negócio é mais sério. Tenho pavor de doença, seu Vladmir. Sou meio frouxo pra essas coisas.

– Todo mundo tem medo de ficar doente, meu caro.

– Principalmente por causa do preço dos remédios! Me dá dor de barriga só de pensar! O senhor sabe, tenho três meninos. Mas não posso reclamar, eles têm uma saúde de ferro. O senhor tem filhos?

– Não. E também não me casei, antes que pergunte.

– Nenhum grande amor?

– Fui muito apaixonado por uma garota, mas nosso namoro acabou não dando certo – ele deu um tempo antes de concluir. – Foi logo que descobri a doença.

– Ah... E o senhor não tem família?

– Meus pais já faleceram, mas tenho três irmãos que de vez em quando ligam para saber como estou. Não moram aqui, vivem no interior.

– Mas e a moça?

– A Lúcia?

– É.

– Que tem a Lúcia?

– O senhor não mora com ela?

– A Lúcia vive com a mãe, o pai é falecido.

– E por que é que vocês não casam?

– É cedo ainda.

– Cedo? Com cinquenta e três anos? E vai esperar até quando?

– Sei lá. Preciso organizar minha vida primeiro. Quer dizer, minha cabeça. Sou meio turrão, às vezes, a Lúcia não vai me aguentar quinze dias.

– Eu e a Ana Rosa casamos faz treze anos.

– E são felizes?

– Ah, sim. Muito felizes. Não vejo a minha vida sem ela e os meninos.

– Que bom.

Sebastião foi se levantando e na despedida apertou a mão do amigo:

– Até qualquer hora!

Vladmir assentiu com a cabeça, sem falar coisa alguma. Tinha um olhar resignado, distante, triste.

– Tá tudo bem, seu Vladmir?

De novo, a cabeça para a frente.

– Sei não... – Sebastião torceu o nariz. – Pode desabafar comigo, seu Vladmir, eu escuto.

O homem deu um sorriso complacente:

– Às vezes eu te invejo, sabia?

– Ahn?

– Verdade.

– O senhor caiu da cama hoje cedo e bateu a cabeça?

– Ah, Sebastião! Tem hora que as coisas são tão difíceis...

– Não só pro senhor.

– Imagino que também não seja fácil pra você, mas...

– Seu Vladmir – Sebastião sentou-se novamente –, o senhor é um homem fino, culto, um homem das letras. Eu sou um pobre coitado, não sou homem de letra nenhuma e tenho que ralar um bocado pra sobreviver e sustentar meus filhos. Como é que o senhor pode falar que tem inveja de mim?

– Eu não acho você um pobre coitado, Sebastião. Além do mais, o que você pensa a meu respeito está errado. Eu fui culto, eu fui letrado.

– Ninguém deixa de ser o que é porque não enxerga mais. E que negócio é esse de o senhor dizer que não é um homem letrado? Esqueceu que já me contou que se formou jornalista?

– O que eu estudei ficou para trás.

– E eu que nem estudei? Que não tive chance? Olha, seu Vladmir, vou contar uma coisa pro senhor. Não saio falando disso por aí porque eu tenho muita vergonha. Mas é pro senhor parar de achar que não sabe mais nada, que não tem mais cultura e que virou um inútil de marca maior. Eu não sei ler. Só assino o nome. Sou um analfabeto, desses que falam de vez em quando na televisão. A Ana Rosa ainda estudou quando era pequena, pouco, mas estudou. Às vezes, tenho vergonha dela também. Se a gente tá no ponto de ônibus, ela que lê se é o ônibus certo. Os meninos vêm mostrar a lição, as provas, e eu nunca posso ajudar. O senhor tem noção de como eu me sinto?

– Eu também não sei ler, Sebastião.

– Ora essa!

– Verdade! Não tenho mais a visão para ler da forma como aprendi. E se eu quiser voltar a ler sozinho, ler os livros sem precisar que ninguém os leia para mim, vou ter que aprender as letras de outro jeito. Com a ponta dos dedos. Nessa parte, acho que somos iguais, meu caro. Dois analfabetos.

BETO AMA VALQUÍRIA

Olha e não me vê.
Por que, se estou bem aqui?
Por que será, meu amor,
que não me vê?

Não consigo contar
há quanto tempo eu te amo,
as horas se perderam
no coração.

Estou perdido no tempo e no espaço
Meus pensamentos só encontram sua voz.
Por mais que eu queira

As lembranças não se dissolvem.
Penso em palavras
Que nunca chegam.

Se você soubesse o que eu sinto!

Às vezes fujo, às vezes quero,
nem sei o que é sonho,
o que é desejo ou
fantasia.

Estou perdido no tempo e no espaço,
Num corpo que estremece,
Aquece,
Real.

A GRADE DO PORTÃO

Ao tocar no batente da porta, Vladmir virou à esquerda e entrou. Deu alguns passos até a bengala encontrar um móvel no fundo do quarto e, com a mão livre e espalmada, foi tateando a estante, mais o seu conteúdo do que ela própria.

Correu os dedos pelos livros, tal como fazia nos portões das casas de sua infância: pegava uma varinha do chão e passava nas barras das grades enquanto caminhava só para ouvir o som estridente, só para irritar os vizinhos que saíam nas janelas a fim de descobrir quem era o pirralho que atrapalhava o programa televisivo.

Cresceu com brincadeiras de rua, nas praças e campinhos, terrenos que, depois, seriam povoados por casas e edifícios.

Apaixonou-se por Milena aos quatorze anos. Ela era quase um ano mais velha e não o notava sob hipótese alguma. Vladmir era um menino magro e alto, pernas finas e braços compridos, que ainda soltava pipa em campinhos e se ralava com a bicicleta em tudo quanto era bairro. Mas estava apaixonado, como estava!

Milena se mudou para perto de sua casa. Era a garota mais linda não só da rua como do universo! Tinha os cabelos castanhos, fios longos e brilhantes, uma franja que lhe encobria o olhar deixando-o misterioso, secreto. Procurou decifrá-lo e, quem sabe, descobrir qual chance teria. Mas um garoto desses? Franzino, zanzando numa bicicleta velha com tinta descascada, tênis com furos na parte do dedão, *shorts* surrado, camiseta alargada de tanto lavar. Ele?! Um garoto sem a menor chance.

Por uma questão de destino, Vladmir costumava pensar, Milena acabou aproximando-se. Por coincidência, fora a velha bicicleta de pneus carecas no limite que os aproximara. Quando imaginaria que a menina por quem se apaixonara amava o ciclismo? Nem nos sonhos. Mas foi isso mesmo, certo dia seus caminhos se cruzaram, os passeios de bicicleta foram se tornando rotineiros, Vladmir e Milena pedalando e fazendo circuitos cada vez mais longos, saindo dos arredores do bairro, distanciando-se, como se não quisessem ser reconhecidos, como se preferissem o anonimato e cultivassem uma intimidade que não se pode e não se quer compartilhar.

Vladmir e Milena se beijaram pela primeira vez a vários quilômetros de casa. Sem testemunha de amigos, da turma que iria falar já sabiam o quê, a tiração de sarro, o "casalzinho do bairro", um monte de "trelelê" que não estavam nem um pouco a fim de ouvir. Não conseguiram namorar escondidos além de um mês por mais que se esforçassem. Claro que, cedo ou tarde, seriam descobertos, pois a paixão, o enlevo, a alegria, tudo isso que brota sem que se tenha controle, estava estampado no rosto de cada um.

Entre idas e vindas, brigas por bobagens entre outras coisas mais sérias, o namoro durou cinco anos. E poderia ter durado mais, poderiam ter se casado e tido filhos se...

Vladmir sempre interrompia essa parte da lembrança com reticências. Não tinha vontade nem coragem de concluir. Seria mesmo verdade o que não ousava pensar? Teria sido feliz com Milena?

Puxou da estante um livro qualquer e se sentou na poltrona rente à parede. Deixou-o no colo, em repouso. Alisou a capa, sentiu a textura e, após um tempo, abriu-o ao meio, aproximando-o do nariz. Inspirou profundamente.

Que cheiro teriam os livros escritos em braile?

O POETA

Samuca tentava ler a nuvem que rondava a fisionomia de Beto, uma espécie de pergunta sem resposta que paira sobre as pessoas de vez em quando.

Não sabia por qual motivo seu amigo resolvera lhe esconder as coisas agora. E não adiantava perguntar por que, pois a resposta era idêntica a todas as outras. Beto disfarçava, fingia, estava tão esquisito, mas tão esquisito, que chegou ao ponto de lhe dizer: "O poeta é um fingidor". Perguntou-lhe o que significava aquela frase descabida e escutou uma resposta totalmente sem-educação: se ele não tinha prestado atenção à aula de Literatura. Desde quando Beto se interessava por Literatura? Mais uma novidade.

Em meio a tantos pensamentos, Samuca lembrou que o amigo andara escrevendo poemas e que lhe mostrara algumas vezes.

Se não queria contar, paciência.

Entretanto, quando desistiu e mudou de assunto, Beto chamou seu nome e ficou calado, típico de quem quer falar, mas não sabe se deve.

– Fala, meu! – Samuca o encorajou.

– Você acha que a Val...

De novo a interrupção, que desta vez durou o dobro do tempo anterior.

– Você acha que a Val pode gostar de mim?

– Ela já gosta de você. Não é pode. Mas antes que me diga que é de outro jeito que tá falando, sim, eu acho que ela gosta de você. Bem que eu desconfiava que esse seu jeito era por causa dela. Por que não me disse antes? Complicado você, hein?

– Como assim, gosta?

– Beto, você entendeu! A gente tá falando a mesma coisa. Amor. Paixão.

– Ah... – balançou a cabeça encabulado, talvez incrédulo. – Não sei se é possível isso.

– Por quê? Qual o problema?

– Qual o problema? Você jura mesmo que não sabe?

– Larga a mão de ser tonto.

– Tonto é você!

– Beto. Me escuta. Se você tá apaixonado pela Val...

– Eu não disse isso.

– Quer parar de mentir? Pra mim, cara? Que chato!

– Tá. Acho que sim. Acho que tô apaixonado, mas não queria que isso acontecesse, porque a gente é diferente.

– Você queria se apaixonar por uma menina cega.

– E não seria melhor?

– Vai se danar, Beto. Não é você quem tá me dizendo isso.

Beto desviou o rosto, triste. Samuca pôs a mão no ombro dele, sacudiu como quem quer fazer o outro acordar:

– Sabe que não tem nada a ver. A gente te ama.

Beto tirou os óculos e enxugou o medo que começava a desaguar. Medo, vergonha, estranheza absurda. Conseguira interpretar tão bem seu papel no teatro, por que não seguia com a vida da mesma forma? Lute pela Moça! Mostre-lhe seu amor! Entregue-lhe seu poema! Achava engraçado ouvir de si próprio estas frases tão cheias de romantismo como se ainda vivesse o Sóstrato.

Samuca deu um puxão em Beto, trazendo-o para um forte abraço.

– Fala pra ela!

– Não dá.

– Não dá por que, cara!?

– Porque vou ouvir um não. Simples.

– Você não sabe!

– Sei!

– Beto. Vai se danar.

MELANCOLIA

Sebastião chegou em casa de ombros caídos, com a cara murcha e os olhos boiando no vazio. Ana Rosa perguntou o que tinha acontecido e Sebastião respondeu que não era nada.

– E eu não te conheço, Tião?

– Sabe quando eu fico daquele jeito?

– Que jeito?

– Me sentindo um inútil.

– Para com isso, Tião! Você não é nenhum inútil.

– Mas às vezes eu me sinto, fazer o quê? Se pudesse mandar no pensamento, acha que ficava pensando em tristeza? Pensava só em alegria, que de besta eu não tenho nada.

– Então, pensa em alegria.

– Não consigo! Tem hora que não dá. Sei que tem os meninos, tudo com saúde, na escola, tirando nota boa.

Que bom, né, Ana Rosa? A gente não tem trabalho com eles, os professores tão sempre elogiando nas reuniões. Tenho vergonha das reuniões.

– Ora, mas por quê?

– Tenho vergonha dos meninos também.

– Vergonha, Tião?! Um pai que vive ralando pra dar tudo de bom pra eles? – Ana Rosa mudou o tom – Já que a gente tá falando disso... Vou voltar a trabalhar fora.

– Ah, é?

Ana Rosa tirou as pernas do marido de cima do sofá e sentou-se ao lado dele.

– Lembra quando a gente se conheceu, que eu trabalhava na lanchonete?

Sebastião deu um sorriso saudosista:

– Tempinho bom... Logo a gente casou e veio o André. Depois, o Davi e o Josué. Muito menino pra cuidar.

– Pois é. Mas eles já tão grandes, se viram sozinhos. Eu gosto do serviço na lanchonete, o dia é agitado, a gente conhece pessoas diferentes, conversa, troca uma ideia...

– Do jeito que fala, até parece que tá tudo certo.

– A dona Catarina veio falar comigo hoje cedo. Tá precisando de alguém e perguntou se eu tô disposta a voltar.

– E o que você respondeu?

– Que ia pensar.

– Pelo jeito, já pensou.

Ana Rosa deixou a sala para ir à cozinha terminar o jantar. Sebastião foi junto. Estava melancólico, a cabeça dando voltas, quem sabe, picar cebola, lavar alface ou fazer qualquer outro serviço ajudasse a tomar um rumo.

Sebastião descascou a cebola, lacrimejou, botou na tábua, cortou ao meio. Deu mais um corte, alheio ao que fazia. Calado, sempre calado. Dali a pouco cortava o dedo.

– Que é que foi, Tião? Tá chateado por causa do emprego?

– É lógico que não. Vai ser bom pra você.

Sebastião deitou a faca na tábua e olhou sério para Ana Rosa:

– Você sabe o que é pacto?

– Claro que eu sei. – Ana Rosa deixou de lado os afazeres. – Tinha uma novela que falava justamente disso. Eram dois amigos que se conheceram na infância, viviam juntos. Eles e a vizinhança da rua, quase igual acontece com os nossos filhos. Eram amigos pra valer, estavam sempre brincando, aprontando, essas coisas. Falaram que seriam amigos pra sempre, juraram até que nunca iam se separar. Fizeram um pacto de lealdade. De amizade eterna. Mas aí, você sabe o que aconteceu?

– Não.

– Nem imagina?

Sebastião ergueu os ombros.

– Cada um foi pra um caminho. Cresceram, ficaram adultos, um ficou pobre, outro rico... Que amizade que nada, só disputa. Bom, novela é assim mesmo. Mas por que você me perguntou isso?

– Seu Vladmir quer fazer um pacto comigo.

– Como é que é?

– Vamos terminar a janta, depois eu explico.

APÓS AS AULAS

O ônibus já estava chegando, por isso não se atrasaria. Gostava mais da aula de informática que das outras, mas não costumava faltar a nenhuma. Só reclamava mesmo quando a Marinês resolvia pegar no seu pé.

Ler era difícil, exigia esforço e concentração. Se não estivesse atento, tinha que voltar e começar tudo de novo. Dava preguiça, ouvir era mais fácil. De todo modo, se não prestasse atenção ao que ouvia também não entenderia nada.

Precisava parar de ser tão preguiçoso se quisesse aprender a escrever direito. Isso nunca tinha sido um problema de fato, os professores eram benevolentes, os amigos o entendiam, ele se comunicava bem através das redes sociais. Contudo, de uns tempos para cá começou a achar muito chato o rótulo de "ele não sabe escrever direito mas dá pra entender" ou "ele escreve de acordo com o que ouve".

Beto ouviu uma freada de ônibus, a porta se abrindo. Hesitou quando o motorista quis saber se ia subir ou não. Começou a sentir dor. Certeza que não assistiria direito à aula de Informática ou a qualquer outra. Impossível. O coração batia forte, havia um batuque sufocado a se espalhar pela garganta e a lhe prender o ar como se estivesse dentro de um elevador e não debaixo do sol quente. Aperto, aperto. O motorista perguntou de novo. Precisava responder. Voltou para a escola.

Valquíria havia lhe dito no meio de uma aula: "Vou ficar e terminar o trabalho." Beto, distraído, apenas assentiu com a cabeça. "Passa aqui depois da sua aula." Ele fez que sim do mesmo modo desatento.

Não foi naquela hora, mas muito depois que a frase zuniu em seu ouvido lhe trazendo indagações. "Passa aqui" queria dizer o quê? Passa aqui, por quê?

Assim que o ônibus arrancou, Beto refez o caminho, só que agora no sentido oposto. A bengala o alertava, num ziguezaguear experiente, sobre qualquer obstáculo na calçada. Sempre há uma lixeira instalada incorretamente, cocô de cachorro deixado por donos relapsos, objetos que deveriam ser despejados em locais apropriados e não são.

Beto caminhou sem muito cuidado. Pisou num cocô de cachorro, chutou uma garrafa PET, trombou com uma pessoa que vinha na direção contrária, esfregou o braço em um muro chapiscado. Este último doeu. Não parou para massagear o cotovelo ralado, veria isso depois. Provável que a mãe notasse logo ao entrar em casa e viesse com remédio em *spray* para limpar a ferida. Não era ela que doía agora.

Deteve-se na entrada da biblioteca. Não gritaria o nome da Valquíria para saber se já estava ali com seu grupo. Ela bem poderia ter se atrasado no almoço, por que a pressa se teriam a tarde inteira para fazer o trabalho?

Escutou um arrastar de cadeira, com o silêncio da sala escutaria até ruídos menores, e ficou tenso. Poderia ser, poderia não ser, continuou onde estava.

Era ela:

– Oi, Beto! – deu-lhe um beijo. – Que você tá fazendo aqui?

Ele falou a primeira coisa que lhe veio à mente, na verdade não tivera muito tempo para ensaiar uma desculpa, deixara o ponto de ônibus feito um doido sem ter um plano B. Nem C ou D.

– Vim ler.

– Aqui? Quer dizer, aqui é um lugar pra se fazer isso, mas você não ia pra aula de Informática?

– Pois é. Ia.

A garota esperou uma resposta, Beto sabia que precisava completar a frase. Com o quê?

– Val, queria que você lesse comigo.

– Agora? Beto, não posso! Meu grupo tá reunido – deu uma olhadinha para trás e viu os cinco amigos conversando entre si enquanto aguardavam seu retorno.

– Precisava te mostrar uma coisa.

– Mas por que você não me mostra...

– É rápido.

Valquíria virou-se para trás novamente. Os colegas riam, distraídos com imagens ou conversas no celular.

– Tá bom. Mas é rápido mesmo? Se eu demorar, a gente não acaba esse trabalho hoje!

– É.

Mentiu para Valquíria sem pudor algum. "Finge tão completamente...". O poema de Fernando Pessoa encravara em seu cérebro de tal forma, que a vergonha de mentir desapareceu. Ou seria porque ele não tinha pensado direito, feito no atropelo, só pelo medo da possibilidade de desistir?

Ocuparam uma mesa livre e Beto abriu o computador. Valquíria mostrava-se ansiosa, meio aflita, estava certa de que Beto tinha dúvidas em relação ao trabalho. Mas, puxa! Não dava para ter esperado? Ele tinha atrapalhado todo o seu cronograma!

Beto acoplou os fones de ouvido ao *notebook*, não tinha a remota intenção de deixar as pessoas ouvirem as orientações recebidas pelo programa. Silêncio. Biblioteca.

Buscou a pasta "poesias" e abriu. Valquíria olhou de relance os amigos na outra mesa, que, num sinal, ergueram as mãos encolhendo os ombros: "E aí?", Valquíria também respondeu sem palavras, com outro gesto: "Já vou".

Beto tirou os fones e virou-se para ela, Valquíria impaciente para voltar ao grupo, mas só o que ele percebeu e achou relevante era aquilo que estava prestes a declarar:

– Queria que você lesse o que eu escrevi. Talvez tenha erros de português, eu ainda não sei muito bem se a palavra se escreve com esse, zê, dois esses, xis... Acho que são as letras que têm o som mais complicado pra mim. Mas não repara nisso, por favor. Não queria pedir pra ninguém corrigir, queria que você fosse a primeira a ler porque eu escrevi pensando em você.

Com os olhos crescendo, Valquíria respirava de um jeito diferente, conforme Beto falava as frases de um jeito misturado, mas calmo e decidido.

Seu nome não estava no poema, mas Valquíria intuiu que era para ela que Beto tinha escrito: "Não consigo contar há quanto tempo eu te amo. As horas se perderam no coração".

Sentir não torna o ato obrigatório de consciência, muito pelo contrário. Valquíria também ficara estremecida algumas vezes, principalmente quando Beto colocava no toque mais sentimento que o usual. Sua pele e a dele se aqueciam na proporção em que ganhavam repentinos calafrios.

Mas ficava confusa, achava estranho, um amor começa por causa de um toque? Qual a diferença entre o abraço da melhor amiga, o de Samuca e o dele?

Valquíria se assustou quando Beto pôs a mão em seu braço. Já terminara de ler havia algum tempo, mas fingiu que continuava só para não ter de lhe dar uma resposta, dizer se tinha gostado ou não, se tinha palavra errada ou abrir discussão sobre versos livres, métrica, rima, assuntos da última aula de Literatura... Dizer o quê?

– Fala alguma coisa – ele pediu.

– Gostei.

– Só isso?

– O que mais você quer que eu fale? Achei bonita, não sabia que estava escrevendo poesia. Ah! Bem que o Samuca disse naquele dia do teatro, mas você negou tudo com tanta convicção que...

– Escrevi algumas, todas pensando em você.

Não havia como fugir. Valquíria teve a sensação de que a barreira construída por ela acabara de desabar. Precisava dizer alguma coisa!

– Por que não me mostrou antes?

– Por medo.

– Beto, não quero deixar você constrangido, mas... Aqui não é lugar da gente conversar.

– E onde é?

– Ah, não sei! O pessoal tá me esperando, já me fizeram sinal um monte de vezes, eu preciso voltar pro meu grupo. Tô me sentindo pressionada desse jeito.

– Não queria deixar você assim.

– A gente pode conversar depois? Qual alternativa?

– Pode. Claro.

Valquíria lhe deu um beijo no rosto e arrastou a cadeira:

– Preciso ir. A gente se fala. Outra hora. Não sei.

Beto fez um movimento automático querendo dizer que sim, esperava, concordava, algo do gênero.

Ele ouviu o ruído da cadeira voltando para o lugar, encostando-se na mesa que chegou a dar uma leve balançada. Os passos de Valquíria foram se distanciando, ficando praticamente inaudíveis, quando percebeu que se tornaram mais fortes novamente e bem na sua direção. Não entendeu. Ela estava voltando?

Valquíria se abaixou e falou em seu ouvido:

– Eu gosto de você.

E lhe deu um selinho rápido, que ninguém percebeu.

O PACTO

Sonhou com Milena. Havia tempo que não tinha um sonho desses, sonhou inclusive com a bicicleta. Azul manchada de ferrugem. Quase não se lia a marca, uma letra, "o", teimava em ficar redonda no cano de metal, talvez ela fosse a única, ou talvez o próprio Vladmir apagasse as demais letras da memória.

Uma vez, os pneus em péssimo estado causaram uma derrapagem no final de uma descida incrível. Vladmir chegou a tirar as mãos ao atingir velocidade alta, altíssima para uma rua em declive. Que importava? Tinha quatorze anos e nada era perigoso, absolutamente. Joelho ralado? Cotovelo? Quem ligava para isso?

Em frente à igreja, aconteciam algumas reformas de ampliação. Pedreiros construíam uma edificação num terreno ao lado e, em seguida, abririam a parede antiga juntando uma parte à outra.

Naquele dia, Vladmir viu as armações de ferro, as tábuas que se erguiam em andaime, observou o adiantado da obra, já que não passava por ali havia semanas. Viu também, de uma distância considerável, a montanha de areia e pedras à beira da sarjeta. Estava de braços cruzados, pernas descansando sobre o pedal, e era o corpo leve e ágil que estava no comando. Vladmir sentia-se voando, a incrível sensação do vento que bate no rosto, acalma, alegra.

Desviou para não cair naquela massa de construção e, prudente, baixou os braços para as mãos segurarem com firmeza o guidão da bicicleta. Resolveu naquela hora fazer o que não deveria ter feito, pelo menos não ali, a centímetros de onde os pedreiros preparavam a mistura: diminuiu a velocidade apertando o freio.

Foi infeliz. A freada encontrou pedriscos no meio do asfalto, que atingiram em cheio o aro da roda da frente. Ela travou, ele voou de verdade. Aquilo nem se comparava à sensação de voo que imaginara ter tido minutos antes. Deu de cara no asfalto quente, rolou e arrastou joelhos, pernas e cotovelos. Lembrava-se do sangue vermelho escorrendo pelo pescoço, a pele suja e encardida de preto e marrom, do sol forte imensamente amarelo no céu limpíssimo azul.

Um pedreiro o socorreu perguntando se batera a cabeça, de onde vinha tanto sangue, que perigo, mais isso e aquilo. Entretanto, Vladmir preocupava-se em saber se a bicicleta ainda estava usável, a mãe ficaria brava, como na verdade ficou, juntando tudo à braveza do pai.

Mas qual o problema? Estava vivo!

Vladmir passou a mão no queixo onde quase não se notava a cicatriz depois de tantos anos. Não havia nada profundo no lugar e, nessa hora, mais do que em outras, desejou sentir todos os pontos que eram costurados enquanto ele não chorava para não dar o braço a torcer, como se bradasse ao pai, à mãe e à enfermeira que ele era forte o bastante. Deveria ter gritado e berrado.

Pegou o celular e ligou para Lúcia.

– Oi, Vladmir! Tudo bem?

– Tudo. Está em casa?

– Sim. Ajudando a minha mãe a dar uma arrumada aqui. Resolvemos aproveitar o sábado pra isso. Tá uma bagunça que você nem faz ideia. Sabe o que eu fiz hoje? De almoço, quero dizer.

– Fala.

– Uma comida que você adora.

– Então não fala, já que não me convidou pra almoçar.

– Estrogonofe.

– Eu disse para não falar.

– Amanhã eu vou aí e a gente cozinha juntos, tá bom assim?

– Vai querer comer a mesma comida?

– Coloco uns ingredientes diferentes, que tal?

– Bem...

– Não gostou da ideia?

– Lúcia, eu estive pensando...

– Vai me dizer que conheceu outra pessoa e tá me dando um fora pelo telefone?

– Ai, mas quanta bobagem!

– Você nem ficou animado com o meu estrogonofe.

– É porque não estou pensando em comida agora, só isso.

– Ahn.

– ...

– Fala, Vladmir!

– Sabe o Sebastião?

– Que é que tem o Sebastião?

– A gente está sempre conversando.

– Isso eu sei.

– Boa gente, ele. Tem hora que dou risada, ele fala cada uma... Então, Lúcia. O Sebastião e eu... Bom...

– Mas que enrolação!

– Eu sugeri um pacto pro Sebastião.

– Pacto?

– É.

– Coisa antiga esse negócio. Como é, selaram o pacto com sangue também?

– É sério, Lúcia.

– Tá bom, desculpa. Qual é o pacto?

– Se ele entrar numa escola pra aprender a ler, eu também entro no curso de braile do Instituto.

AMOR

O amor começa com um toque. Faz sentido, Valquíria pensou.

Não esperava ter ouvido de Beto o que ouviu. Quer dizer, esperava. Mas não nesse dia, não na biblioteca. Na biblioteca! Que lugar mais inusitado para declarações! Por que não falou na balada, por exemplo? Não seria mais apropriado? Na verdade, qualquer que fosse o lugar, Valquíria estava certa de que ficaria exatamente como estava agora, nesse emaranhado de sensações.

No dia seguinte à festa do terceirão, Val falou com Sofia, a melhor amiga, confessando-lhe seu desejo no momento em que foi tocada: "Quase o beijei".

– E não beijou, por quê? – perguntou Sofia, com a maior naturalidade do mundo.

– Beto é meu amigo. Nada a ver sentir vontade de beijá-lo.

– Por isso mesmo. Amigo, nada.

Como Valquíria pouco prestava atenção no que diziam seus colegas, não demorou muito para que um deles ligasse uma coisa à outra:

– O que foi que o Beto disse pra você ficar assim?

Ela olhou para ele, sem responder de imediato.

– Quem?

– Ai, ai, ai... É hoje que este trabalho não sai! Se concentra, Val!

Sofia deu um risinho disfarçado, baixando a cabeça e tornando a escrever. Valquíria olhou para trás.

Um instante depois, levantou-se, num ímpeto:

– Já volto.

– Onde você vai, Val! – reclamou o mesmo colega que o fizera minutos antes. – Eu tenho horário, não posso ficar aqui a tarde inteira!

Valquíria fitou-o, seriamente:

– Falei que já volto. E, além do mais, fui eu que trouxe a maioria dessas pesquisas aí na sua frente, não sei se tá bem lembrado. Você pode me dar uma forcinha enquanto eu resolvo um problema? Obrigada.

Beto ouviu o arrastar da cadeira e automaticamente fechou o *notebook*. Valquíria não precisou dizer que era ela. Beto aguardou que dissesse por que voltara.

– Beto... – colocando a mão sobre o braço dele. – Eu não gosto de coisas mal resolvidas, entende? Fico completamente desconcentrada, não fico nem lá nem aqui, acho horrível essa sensação de estar dividida.

– Eu já ia embora.

– Não é isso. Mesmo que vá. Não vai mudar nada, vou continuar assim. Avoada!

– E você quer que eu faça o quê?

– Me espere. Pode ser? Pra gente conversar melhor, com calma.

Claro que poderia. Na verdade, era o pedido que mais queria ouvir. Já estava achando que nem deveria ter vindo, não tinha pensado direito, planejado.

– Lógico que eu espero, Val – Beto respondeu.

– Então, tá. Te encontro daqui a pouco lá embaixo. Sabe onde, né?

E lhe deu outro selinho antes de voltar para o grupo.

Beto desviou de pequenos obstáculos, chegando à área descoberta do pátio.

Fez o caminho mais devagar do que quando o faz na hora do intervalo, num trajeto que o colocava pensativo, distante de si mesmo, analisando a vida como se não fosse a sua.

Um personagem? Seria bom. Aí só lhe bastaria decorar seu papel e interpretá-lo com a alma, da mesma forma que tinha feito na apresentação do Instituto. Dar vida a si mesmo, viver, melhor dizendo, era muito mais complicado. Nem sempre havia tempo, tudo surgia de repente e sem ensaios.

Uma vez, no Instituto, Vladmir lhe dissera: "Você pensa que a vida é um teatro? Pensa?". Beto não se lembrava o motivo da frase tão amargurada, tinha hora que o garoto era excessivamente brincalhão, na certa falara alguma coisa que Vladmir julgava séria demais para brincadeiras.

Não enxergar era difícil, Beto conseguia entendê-lo. Mas havia outros sentidos. E também havia o amor.

Beto caminhou até uma das árvores e se sentou, encostando-se no tronco. Calor, sombra fresca. Passou a mão na testa como se suasse. Mas não.

Fechou os olhos, respirou fundo e imaginou Valquíria chegando de mansinho, passando a mão em seu rosto, delicada como às vezes era, mas carinhosa como toda vez que se encontravam.

Poderia ser que ela sussurrasse "Eu te amo" em seu ouvido, beijasse seu pescoço, vindo sem pressa para o rosto, boca e depois, sim, aquele beijo longo, o abraço amoroso e quente.

Então os dois ficariam se beijando muito, esquecendo-se da vida e se detendo apenas no amor sincero que explode de repente, ou não tão de repente. O importante é que explode e dilacera qualquer empecilho que possa intervir, aquele beijo sôfrego, ao mesmo tempo delicado, que Sóstrato deu em Moça, era tanta perfeição que a cena até congelara. Pássaros no céu a voar sobre as cabeças num dia mais do que azul. Nuvens perplexas apertando-se umas nas outras e depois explodindo em água cristalina, em pingos estrategicamente pausados para não estragar o momento especialíssimo. Puro romance.

E pura imaginação.

Abriu os olhos quando ouviu passos se aproximando. Era ela.

– Beto, desculpa. Demorei?

Ele balançou a cabeça em sentido negativo:

– Só o tempo de tirar um cochilo.

– Jura?

– Não – ele riu.

– Bobo!

– Mas eu sonhei. Acordado. E sonhei com você.

– Ah, é? Então, conta.

– Lógico que não!

– Que chato! – Val deu um empurrão no ombro dele. Beto fez um rápido movimento e conseguiu agarrar seu braço, alcançando em seguida sua mão.

Ela se sentou ao lado dele, os dois encostaram-se no tronco da árvore, encolhendo as pernas, ficando de mãos dadas.

Um instante se passou até que ele lhe perguntasse:

– Sabe por que eu gosto daqui?

– Você já disse. É um lugar sossegado.

– Não é só por isso. Gosto de ouvir os pequenos ruídos dos moradores deste lugar. Dos pássaros, quero dizer. De quando brincam, se divertem.

– Quem te disse que eles brincam?

– Quem te disse o contrário?

– Estão voando para sobreviver, buscando comida.

– Não é só de comida que precisamos.

– Não tô falando da gente, Beto. É lógico que a gente precisa de muito mais, mas eu tô falando de pá...

Beto achou que fosse fazer uma declaração de amor ao iniciar a conversa. Que ideia falar de pássaros! Quem lembra deles quando se está com alguém que se ama, principalmente prestes a expressar o que sente? Ninguém.

Mas nem tudo é planejado ou acontece como se imagina. Porém há exceções. Sempre há.

Por exemplo, o beijo sôfrego e apaixonado, pássaros no céu a voar sobre as cabeças num dia mais do que azul. Puro romance. Real.

CARTAS

O sol ainda estava alto.

Era horário de verão, calor na cara, braços que brilhavam ressaltando músculos, pingos de suor pelo corpo inteiro.

Sebastião parou o carrinho e o braço direito enxugou a testa. Não precisou anunciar sua chegada, Vladmir estava cada vez mais acostumado a identificá-lo. Sebastião achava que o amigo seria capaz de fazer isso, mesmo se passasse escondido, deixando o carrinho para trás, caminhando na ponta dos pés.

Ao se sentar, deu um tapinha no ombro dele:

– Fala aí, seu Vladmir!

– Falar o quê, meu caro? Que o semáforo quebrou de novo, que ninguém vem pintar essa porcaria de faixa que está apagada já faz...

– Um ano.

– Pois é. Um ano!

– Difícil. Mas fala se o senhor leu minha carta.

– Claro que li! Li, não. Ouvi. Minha professora que leu.

– Tá, mas, e aí?

– Aí, só.

– Só?!

– Queria que eu elogiasse sua escrita? Tem um monte de erros.

– E foi nisso que o senhor prestou atenção? Meu maior sonho era um dia escrever uma carta, sabia? Tanto tempo com esse negócio na cabeça... Acho que desde aquele dia do filme, com a Ana Rosa do meu lado, ela e o barrigão de sete meses, o nosso Josué. Puxa! Via aquelas pessoas pedindo pra Dora escrever e sentia pena, meu coração chegava a doer de tristeza. Pensava: E se fosse comigo? E se fosse eu que estivesse pedindo pra ela escrever pro pai, pra mãe, pros irmãos que ficaram em Altinho? Quanta vergonha passei nessa vida... E agora o senhor me fala uma coisa dessas!

– Sebastião... – ele riu diante da braveza do homem. – É brincadeira.

Sebastião olhou de canto, desconfiado. Vladmir continuou:

– Não parece? Eu estava fazendo cara de brincalhão.

– Ô.

– Gostei muito da sua carta, muito mesmo.

– Sério?

– Sim, fiquei comovido.

– Ah, seu Vladmir...

– Verdade. Por isso, eu tenho um presente para você!

– Presente? Ah, não precisa, imagina.

Vladmir tirou algumas folhas da pasta elástica que carregava consigo diariamente. Sebastião não entendeu, estavam todas em branco.

Vladmir arrumou as folhas no colo e lhe pediu:

– Veja. Passe a mão.

Sebastião tocou a folha suavemente, antes limpou as mãos na calça com medo de sujar o papel. Reparou que não estavam em branco, havia perfurações de cima a baixo, de um lado a outro.

– Ah... Então, é assim que o senhor lê? Que bacana... Mas por que o senhor quer me dar isso? Não sei ler desse jeito, mal comecei a aprender do outro.

– Sebastião, fui eu que escrevi. Na Sala de Informática tem algumas máquinas que a gente pode usar. Elas escrevem em braile.

– Interessante... Mas fiquei na mesma.

– Escrevi para você em resposta à carta que me enviou.

É isso o que a gente faz quando recebe uma: responde.

– E como é que eu vou ler isso?

– Você não vai ler, eu é que vou. Mas que homem apressado que não me deixa explicar!

– Ahn.

– Se tiver paciência, porque ainda não estou acostumado com as letras desse jeito, demoro um pouco para ler. Está com pressa?

– Com esse sol aí fora queimando a gente? Não, seu Vladmir. Vai ser muito bom ficar aqui esperando ele baixar. Manda ver.

CARO SEBASTIÃO,

Foi com muita alegria que recebi sua carta. Fiquei feliz e orgulhoso.

Você também pode se orgulhar de mim porque estou escrevendo esta carta sozinho. Que coisa, não é mesmo? Nem eu pude ler a sua nem você vai poder ler a minha.

Mas isso não é problema. Saindo daqui, vou para o ponto de ônibus e ficarei te esperando. Sei que vai parar seu carrinho, dar um grito perguntando como é que estão as

coisas, sentar do meu lado e puxar
um pouco de conversa. Aí vou dizer
que está tudo bem, que eu e a Lúcia
estamos pensando em morar juntos, que
já fiz vários progressos com a
leitura e, inspirado por você,
consegui escrever este primeiro texto
depois que perdi a visão. Digo
primeiro, porque ando mudando alguns
pontos de vista, inclusive no que diz
respeito à fotografia.

Conheci um fotógrafo cego.
Quer dizer, conheci seu trabalho pela
internet, mas senti como se tivesse
sido pessoalmente. É um esloveno
chamado Evgen Bavcar. Ele fotografa
as pessoas de acordo com os sons, é a
sensibilidade que o move. Uma vez,
fotografou a sobrinha correndo pelo
campo. Ela carregava um sino para lhe
indicar sua localização e ele clicava
conforme o que intuía, extraindo a
beleza de uma cena aparentemente
simples. Fascinante. Acho que é esse o
sentido da arte, ver a imagem que é
bela por si só, a imagem que nos traz
uma mensagem, seja de exclusão,
injustiça, indignação… Era sobre isso
tudo que eu fotografava antes, porque
eu não conseguia calar minha revolta.
Só que depois eu me calei. Anulei os
sentidos da minha alma, fechei portas e

janelas e agora vou abrindo na medida
em que eu necessite de ar e luz.

Bom, mas o que eu quero lhe dizer,
caro amigo, é que não é ruim aprender
as coisas de um modo diferente de como
foi aprendido. A Lúcia ficava me
torrando a paciência, repetindo isso
a toda hora, mas creio que ela está
certa. Até porque, veja só, se a gente
não aprende e fica só se lamentando,
a gente está lascado.

Forte abraço.

VLADMIR

TÂNIA ALEXANDRE MARTINELLI

Há alguns anos, conheci a Confraria das Letras em Braille de Porto Alegre; um dos meus livros havia sido transcrito para o braile. Foi meu primeiro contato com deficientes visuais. Frequentei por alguns meses o Centro de Prevenção à Cegueira de Americana, em São Paulo, e aprendi um pouco o que é ser deficiente visual no país. Na ocasião, pesquisei a alfabetização de adultos, o que a falta da leitura significa para as pessoas. Aprender a ler é um processo difícil, seja ele como for. Sebastião, Vladmir e Beto, com tantas dificuldades em comum, conseguiram me ensinar a enxergar a vida de diferentes maneiras.

SERGIO RICCIUTO

Nasci no sul da Itália e comecei a pintar aos 6 anos de idade. Formei-me em Pintura e Filosofia em Roma e depois vim para o Brasil, onde moro com minha esposa e meu filho. Ilustro livros, publiquei mais de 400 aquarelas. Amo pintar telas e grandes painéis. Com minha arte, tento transgredir o real por meio de formas e cores. Talvez por isso o texto da Tânia tenha me deixado à vontade. Vladmir foi o personagem que mais me intrigou! A delicadeza do tema e a expressividade da escrita inspiraram meus pincéis.

Este livro foi composto com a família tipográfica
Chaparral Pro, para a Editora do Brasil, em fevereiro de 2018.